我的精神家园

王小波 著

北京出版集团
北京十月文艺出版社

新经典文化股份有限公司
www.readinglife.com
出 品

目录

我的精神家园	1
我的师承	5
关于文体	10
长虫·草帽·细高挑	14
关于幽闭型小说	19
小说的艺术	23
我对小说的看法	27
我写《黄金时代》	30
《黄金时代》后记	33
从《黄金时代》谈小说艺术	36
工作·使命·信心	39
与人交流	41
《怀疑三部曲》序	43
《怀疑三部曲》后记	49

《私人生活》与女性文学	51
从《赤彤丹朱》想到的	56
《代价论》、乌托邦与圣贤	60
不新的《万历十五年》	64
《血统》序	68
海明威的《老人与海》	72
萧伯纳的《巴巴拉少校》	76
掩卷：《鱼王》读后	82
卡尔维诺与未来的一千年	89
艺术与关怀弱势群体	92
盖茨的紧身衣	95
我对国产片的看法	99
旧片重温	103
为什么要老片新拍	107

欣赏经典	110
电影·韭菜·旧报纸	114
商业片与艺术片	119
中国为什么没有科幻片	123
有关爱情片	127
都市言情剧里的爱情	130
艺术的深与浅	135
外国电影里的幽默	139
好人电影	143
从 Internet 说起	147
电视与电脑病毒	151
电脑特技与异化	155
《祝你平安》与音乐电视	158
明星与癫狂	160

另一种文化	165
同性恋成因问题	169
李银河的《中国人的性爱与婚姻》	172
《他们的世界》序	176
《他们的世界》跋	180
关于同性恋问题	183
有关同性恋的伦理问题	188
摆脱童稚状态	192
李银河的《生育与中国村落文化》	201
《思维的乐趣》首版序	206
《我的精神家园》首版序	208
用一生来学习艺术	213
生活和小说	218

我的精神家园

我十三岁时，常到我爸爸的书柜里偷书看。那时候政治气氛紧张，他把所有不宜摆在外面的书都锁了起来，在那个柜子里，有奥维德的《变形记》，朱生豪译的莎翁戏剧，甚至还有《十日谈》。柜子是锁着的，但我哥哥有捅开它的方法。他还有说服我去火中取栗的办法：你小，身体也单薄，我看爸爸不好意思揍你。但实际上，在揍我这个问题上，我爸爸显得不够绅士派，我的手脚也不太灵活，总给他这种机会。总而言之，偷出书来两人看，挨揍则是我一人挨，就这样看了一些书。虽然很吃亏，但我也不后悔。

看过了《变形记》，我对古希腊着了迷。我哥哥还告诉我说：古希腊有一种哲人，穿着宽松的袍子走来走去。有一天，有一位哲人去看朋友，见他不在，就要过一块涂蜡的木板，在上面随意挥洒，画了一条曲线，交给朋友的家人，自己回家去了。那位朋友回家，看到那块木板，为曲线的优美所折服；连忙埋伏在哲人家左近，待他出门时闯进去，要过一块木板，精心画上一条曲线……当然，这故事余下的部分就很容易猜了：哲人回了家，看到朋友留下的木板，又取一块蜡板，把自己的全部心胸画在一条曲线里，送给朋友去看，使他真正折服。现在我想，这个故事是我哥哥编的。但当时我还认真地想了一阵，终于傻呵呵地说道：这多好啊。时隔三十年回想起来，我并不羞愧。井底之蛙也拥有一片天空，十三岁的孩子也可以有一片精神家园。此外，人有兄长是好的。虽然我对国家的计划生育政策也无异议。

长大以后，我才知道科学和艺术是怎样的事业。我哥哥后来是已故逻辑大师沈有鼎先生的弟子，我则学了理科；还在一起讲过真伪之分的心得、对热力学的体会，但这已是我二十多岁时的事。再大一些，我到国外去旅行，在剑桥看到过使牛顿体会到万有引力的苹果树，拜伦拐着腿跳下去游水的"拜伦塘"，但我总在回想幼时遥望人类智慧星空时的情景。千万丈的大厦总要有片奠基石，最初的爱好无可替代。所有的智者、诗人，也许都体验过儿童对着星光感悟的一瞬。我总觉得，这种爱好对一个人来说，就如性爱一样，是不可少的。

我时常回到童年，用一片童心来思考问题，很多烦难的问题就变得易解。人活着当然要做一番事业，而且是人文的事业；就如有一条路要走，假如是有位老学究式的人物，手执教鞭戒尺打着你走，那就不是走一条路，而是背一本宗谱。我听说前苏联就是这么教小孩子的：要背全本的普希金、半本莱蒙托夫，还要记住俄罗斯是大象的故乡（肖斯塔科维奇在回忆录里说了很多）。我们这里是怎样教孩子的，我就不说了，以免得罪师长。我很怀疑会背宗谱就算有了精神家园，但我也不想说服谁。安徒生写过《光荣的荆棘路》，他说人文的事业就是一片着火的荆棘，智者仁人就在火里走着。当然，他是把尘世的嚣嚣都考虑在内了，我觉得用不着想那么多。用宁静的童心来看，这条路是这样的：它在两条竹篱笆之中。篱笆上开满了紫色的牵牛花，在每个花蕊上，都落了一只蓝蜻蜓。这样说固然有煽情之嫌，但想要说服安徒生，就要用这样的语言。维特根斯坦临终时说：告诉他们，我度过了美好的一生。这句话给人的感觉就是：他从牵牛花丛中走过来了。虽然我对他的事业一窍不通，但我觉得他和我是一头儿的。

我不大能领会下列说法的深奥之处：要重建精神家园，恢复人文精神，就要灭掉一切俗人——其中首先要灭的，就是风头正健的俗人。假如说，读者兜里的钱是有数的，买了别人的书，就没钱来买我的书，所以要灭掉别人，这个我倒能理解，但上述说法不见得有如此之深奥。假如真有这么深奥，我也不赞成——我们应该像商人一样，严守诚实原则，反对不正当的竞争。让我的想法和作品成为嚣嚣尘世上的正宗，这个念头我没有，也不敢有。既然如此，就必须解释我写文章（包括这篇文章）的动机。坦白地说，我也解释不大清楚，只能说：假如我今天死掉，恐怕就不能像维特根斯坦一样说道:我度过了美好的一生;也不能像斯汤达一样说:活过,爱过,写过。我很怕落到什么都说不出的结果,所以正在努力工作。

* 载于 1995 年 11 月 30 日《北京青年报》。

我的师承

我终于有了勇气来谈谈我在文学上的师承。小时候,有一次我哥哥给我念过查良铮先生译的《青铜骑士》:

> 我爱你,彼得建造的大城,
> 我爱你庄严、匀整的面容,
> 涅瓦河的水流多么庄严,
> 大理石铺在它的两岸……

他还告诉我说,这是雍容华贵的英雄体诗,是最好的文字。相比之下,另一位先生译的《青铜骑士》就不够好:

> 我爱你彼得的营造
> 我爱你庄严的外貌……

现在我明白，后一位先生准是东北人，他的译诗带有二人转的调子，和查先生的译诗相比，高下立判。那一年我十五岁，就懂得了什么样的文字才能叫作好。

到了将近四十岁时，我读到了王道乾先生译的《情人》，又知道了小说可以达到什么样的文字境界。道乾先生曾是诗人，后来做了翻译家，文字功夫炉火纯青。他一生坎坷，晚年的译笔沉痛之极。请听听《情人》开头的一段：

> 我已经老了。有一天，在一处公共场所的大厅里，有一个男人向我走来，他主动介绍自己，他对我说："我认识你，我永远记得你。那时候，你还很年轻，人人都说你很美，现在，我是特为来告诉你，对我来说，我觉得你比年轻时还要美，那时你是年轻女人，与你年轻时相比，我更爱你现在备受摧残的容貌。"

这也是王先生一生的写照。杜拉斯的文章好，但王先生译笔也好，无限沧桑尽在其中。查先生和王先生对我的帮助，比中国近代一切著作家对我帮助的总和还要大。现代文学的其他知识，可以很容易地学到。但假如没有像查先生和王先生这样的人，最好的中国文学语言就无处去学。除了这两位先生，别的翻译家也用最好的文学语言写作，比方说，德国诗选里有这样的译诗：

> 朝雾初升，落叶飘零
> 让我们把美酒满斟！

带有一种永难忘记的韵律，这就是诗啊。对于这些先生，我何止是尊敬他们——我爱他们。他们对现代汉语的把握和感觉，至今无人可比。一个人能对自己的母语做这样的贡献，也算不虚此生。

道乾先生和良铮先生都曾是才华横溢的诗人，后来，因为他们杰出的文学素质和自尊，都不能写作，只能当翻译家。就是这样，他们还是留下了黄钟大吕似的文字。文字是用来读，用来听，不是用来看的——要看不如去看小人书。不懂这一点，就只能写出充满噪声的文字垃圾。思想、语言、文字，是一体的，假如念起来乱糟糟，意思也不会好——这是最简单的真理，但假如没有前辈来告诉我，我怎么会知道啊。有时我也写点不负责任的粗糙文字，以后重读时，惭愧得无地自容，真想自己脱了裤子请道乾先生打我两棍。孟子曾说，无耻之耻，无耻矣。现在我在文学上是个有廉耻的人，都是多亏了这些先生的教诲。对我来说，他们的作品是比鞭子还有力量的鞭策。提醒现在的年轻人，记住他们的名字、读他们译的书，是我的责任。

现在的人会说，王先生和查先生都是翻译家。翻译家和著作家在文学史上是不能相提并论的。这话也对，但总要看看写的是什么样的东西。我觉得我们国家的文学次序是彻底颠倒了的：末流的作品有一流的名声，一流的作品却默默无闻。最让人痛心的是，最好的作品并没有写出来。这些作品理应由查良铮先生、王道乾先生在壮年时写出来的，现在成了巴比伦的空中花园了……以他们二位年轻时的抱负、晚年的余晖，在中年时如有现在的环境，写不出好作品是不可能的。可惜良铮先生、道乾先生都不在了……

回想我年轻时，偷偷地读到过傅雷、汝龙等先生的散文译笔，这些文字都是好的。但是最好的，还是诗人们的译笔；是他们发现了现代汉语的韵律。没有这种韵律，就不会有文学。最重要的是：在中国，已经有了一种纯正完美的现代文学语言，剩下的事只是学习，这已经是很容易的事了。我们不需要用难听的方言，也不必用艰涩、缺少表现力的文言来写作。作家们为什么现在还爱用劣等的文字来写作，非我所能知道。但若因此忽略前辈翻译家对文学的贡献，又何止是不公道。

正如法国新小说的前驱们指出的那样，小说正向诗的方向改变着自己。米兰·昆德拉说，小说应该像音乐。有位意大利朋友告诉我说，卡尔维诺的小说读起来极为悦耳，像一串清脆的珠子洒落于地。我既不懂法文，也不懂意大利文，但我能够听到小说的韵律。这要归功于诗人留下的遗产。

我一直想承认我的文学师承是这样一条鲜为人知的线索。这是给我脸上贴金。但就是在道乾先生、良铮先生都已故世之后，我也没有勇气写这样的文章。因为假如自己写得不好，就是给他们脸上抹黑。假如中国现代文学尚有可取之处，它的根源就在那些已故的翻译家身上。我们年轻时都知道，想要读好文字就要去读译著，因为最好的作者在搞翻译。这是我们的不传之秘。随着道乾先生逝世，我已不知哪位在世的作者能写如此好的文字，但是他们的书还在，可以成为学习文学的范本。我最终写出了这些，不是因为我的书已经写得好了，而是因为，不把这个秘密说出来，对现在的年轻人是不公道的。没有人告诉他们这些，只按名声来理解文学，就会不知道什么是坏，什么是好。

* 载于1996年6月第2期《香港笔荟》杂志。曾收录为花城出版社1997年版《青铜时代》中《万寿寺》的序。但依据作者硬盘里的文章，应为该书总序。《寻找无双》《红拂夜奔》《万寿寺》三部长篇小说曾被编为"青铜时代"。

关于文体

自从我开始写作,就想找人谈谈文体的问题,但总是找不到。和不写作的人谈,对方觉得这个题目索然无味;和写作的人谈,又有点谈不开。既然写作,必有文体,不能光说别人不说自己。文体之于作者,就如性之于寻常人一样敏感。

把时尚排除在外,在文学以内讨论问题,我认为最好的文体都是翻译家创造出来的。傅雷先生的文体很好,汝龙先生的文体更好。查良铮先生的译诗、王道乾先生翻译的小说——这两种文体是我终身学习的榜样。必须承认,我对文体有特殊的爱好,别人未必和我一样。但我相信爱好文学的人会同意我这句话:优秀文体的动人之处,在于它对韵律和节奏的控制。阅读优美的文字会给我带来极大的快感。好多年以前,我在云南插队,当地的傣族少女身材极好。看到她们穿着合身的筒裙婀娜多姿地走路,我不知不觉就想跟上去。阅读带来的快感可以和这种感觉相比。我开始写作,是因为受了好文章的诱惑——我自己写得怎样,当然要另说。

前辈作家中,有一部分用方言来写作,或者在行文中带出方言的影响来,我叫它方言体。其中以河北和山西两地的方言最为常见。河北人说话较慢,河北方言体难免拖沓。至于山西方言体,我认为它有难懂的毛病——最起码"圪蛋"(据说山西某些地区管大干部叫大"圪蛋")这个词对山西以外的读者来说,就不够通俗。"文化革命"中出版的文艺作品方言体的很多,当时的作者以为这样写更乡土些,更乡土就更贴近工农兵,更贴近工农兵也就更革命——所以说,方言体也就是革命体。当然,不是每种方言都能让人联想到革命。必须是老根据地所在省份的方言才有革命的气味。用苏白写篇小说,就没有什么革命的气味。

自方言体之后,影响最大的文体应该是苏晓康写报告文学的文体,或称晓康体。这种文体浮嚣而华丽,到现在还有人模仿。念起来时最好拖着长腔,韵味才足,并且好用三个字的词组,比如"共和国""启示录"之类。在晓康体里,前者是指政府,后者是指启示,都属误用。晓康体写多了,人会退化成文盲的。

现在似乎出现了一种新的文体。我们常看到马晓晴和葛优在电视屏幕上说一种话,什么"特"这个,"特"那个,其实是包含了特多的傻气,这种文体与之相似。所以我们就叫它撒娇打痴体好了。其实用撒娇打痴体的作者不一定写特字,但是肯定觉得做个聪明人特累。时下一些女散文作家（尤其是漂亮的）开始用撒娇打痴体写作。这种文体不用写多了，只消写上一句，作者就像个大头傻子。我也觉得自己活得特累，但不敢学她们的样子。我全凭自己的聪明混饭吃。这种傻话本该是看不进去的，但把书往前一翻，看到了作者像：她蛮漂亮的，就感觉她是在搔首弄姿，而且是朝我来的。虽然相片漂亮，真人未必漂亮；就算满脸大麻子，拍照前还不会用腻子腻住？但不管怎么说罢，那本书我还真看下去了——当然，读完就后悔了。赶紧努力把这些傻话都忘掉，以免受到影响。作者怕读坏文章，就是怕受坏影响。

以上三种文体的流行，都受到了时尚的左右。方言体流行时，大家都羡慕老革命；晓康体流行时，大家都在虚声恫吓；而撒娇打痴体之流行，使我感觉到一些年轻的女性正努力使自己可爱一些。一个漂亮女孩冒点傻气，显得比较可爱——马晓晴就是这么表演的。我们还知道西施有心绞痛并因此更加可爱，心绞痛也该可以形成一种文体。以此类推，更可爱的文体应该是："拿硝酸甘油来！"但这种可爱我们消受不了。我们已经有了一些医学知识，知道心绞痛随时有可能变成心肌梗塞，塞住了未必还能活着。大美人随时可能死得直翘翘，也就不可爱了。

如前所说，文体对于作者，就如性对寻常人一样重要。我应该举个例子说明我对恶劣文体的感受。大约是在七〇年，盛夏时节，我路过淮河边上一座城市，当时它是一大片低矮的平房。白天热，晚上更热。在旅馆里睡不着，我出来走走，发现所有的人都在树下乘凉。有件事很怪：当地的男人还有些穿上衣的，中老年妇女几乎一律赤膊。于是，水银灯下呈现出一片恐怖的场面。当时我想：假如我是个天阉，感觉可能会更好一点。恶劣的文字给我的感受与此类似：假如我不识字，感觉可能会更好。

长虫·草帽·细高挑

近来买了本新出的《哈克贝利·芬历险记》。这本书我小时候很爱看,现在这本是新译的——众所周知,新译的书总是没有老版本好。不过新版本也不是全无长处,篇首多了一篇吐温瞎编的兵工署长通告,而老版本把它删了。通告里说:如有人胆敢在本书里寻找什么结构、道德寓意等等,一律逮捕、流放,乃至枪毙。马克·吐温胆子不小,要是现在国内哪位作家胆敢仿此通告一番:如有人敢在我的书里寻找文化源流或可供解构的东西,一律把他逮捕、流放、枪毙!我看他会第一个被枪毙。现在各种哲学,甚至是文化人类学的观点,都浩浩荡荡杀入了文学的领域。作家都成了文化批评的对象,或者说,成了老太太的尿盆——挨呲儿的货。连他们自己都从哲学或人类学上给自己找写作的依据,看起来着实可怜,这就叫人想起了电影《霸王别姬》里张丰毅演的角色,屁股上挨了板子,还要说:打得好,师父保重。哲学家说,存在的就是合理的。一种情形既然出现了，就必然有它的原因。再说，批评也是为了作家好。但我现在靠写作为生，见了这种情形，总觉得憋气。

我家乡有句歇后语：长虫戴草帽，混充细高挑——老家人以为细高挑是种极美丽的身材，连长虫也来冒充。文化批评就是揭去作家头上的草帽，使他们暴露出爬行动物的本色。所谓文学是不存在的，存在的只有文化——这是一种特殊的混沌，大家带着各种丑恶的心态生活在其中。这些心态总要流露出来，这种流露就是写作——假如这种指责是成立的，作家们就一点正经的都没有，是帮混混。我不敢说自己是作家，也不认识几个作家，没理由为作家叫屈。说实在的，按学历我该站在批评的一方，而不是站在受批评的一方。但若说文学事业的根基——写作——是这样一种东西，我还是不能同意。

过去我是学理科的。按照C.P.格林的观点，正如文学是文学家的文化，科学也是科学家的文化。对科学的文化批评尚未兴起，而且我不认为它有可能兴起。但这不是说没人想要批评科学。人文学者，尤其是哲学家，总想拿数学、物理说事，给它们若干指导。说归说，数学家、物理学家总是不理，说得实在外行时，就拿它当个笑话讲。我当研究生时，有位著名的女人类学家对统计学提出了批评，说没必要搞得这么复杂、高深。很显然，这位女士想要"解构"数学的这一分支。上课之前老师把这批评给大家念了念，师生一起捧腹大笑，其乐也融融——但文学家很少有这种欢笑的机会。数学家笑，是因为假如一个人不演算，也不做公式推导，哪怕你后现代哲学懂得再多，也没有理由对数学说三道四。但这句话文学家就不敢说。同样是文化，怎么会有这种不同的境遇呢？这原因大家恐怕都想到了：文学好像人人都懂，而数学，则远不是人人都懂的。

罗素先生说得好：人人理应平等。实际上却远不是这样——特别是人与人有知识的差别。这一点在大学里看得最明白：搞科学哲学的教授，尽管名声很大，实际上见了学物理的研究生都要巴结。而物理学家见了数学家，气焰也要减几分，因为就连爱因斯坦都有求职业数学家帮忙的时候。说起一门学问，我会你不会，咱俩就没法平等。看起来，作家们必须从反面理解这种差别：他要巴结的不仅是文艺批评家、文艺理论家，还有哲学家、人类学家、社会学家，甚至要包括每一个文科毕业的学生——只要该学生不是个作家，因为不管谁说出句话来，你听不懂，就只好撅屁股挨打，打你的人火气还特大。我总觉得这事有点不对头。假如挨两下能换来学问，也算挨得值，但就怕碰上蒙事、打几下便宜手的人。我知道一句话，估计除了德宏州的景颇人谁也听不懂：呜！阿靠！卡路来？似乎批评家要想知道意思也得让我打两下，但我没这么坏，不打人也肯把意思说出来：这话是我插队时学来的，意思是：喂，大哥，上哪儿去呀？就凭一句别人听不懂的景颇话打人，我也未免太心黑了一点——那也没有凭几句哲学咒符打人黑。

文化批评还不全是"呜阿靠卡路来"。它有很大的正面意义，其中最重要的是可以鼓舞作家自爱、自强、自重。一种跨学科的统治一切的欲望，像幽灵一样四处游荡——可怎么偏偏是你遇上了这个鬼？俗话说，老太太买柿子，拣软的捏。但一枚柿子不能怪人家来捏你，要反省自己为什么被捏。对罗素先生的话也可以做适度的推广：人与人不独有知识的差异，还有能力的。

差异——我的意思是说，写作一道，虽没有很深的学问，也远不是人人都会。作家可以在两个方面表现这种差异：其一是文体，傅雷、汝龙、王道乾，这些优秀翻译家都是文体大师。谁要想解构就去解好了，反正那样的文章你写不出来。其二是想象力，像卡尔维诺的《我们的祖先》、尤瑟纳尔的《东方奇观》，里面充满了天外飞龙般的想象力，这可是个硬指标，而且和哲学、人类学、社会学都不搭界。捏不动的硬柿子还有一些，比方说，马克·吐温的幽默。在所有的柿子里，最硬的是莎翁，从文字到故事都无与伦比。当然，搞文化批评的人早就向莎翁开战了，说他的《驯悍记》是男性中心主义的作品。说这个没用，他老人家是人，又没学会喝风屙烟，编几个小剧本到小剧场里搞搞笑，赚几个小钱，这又有什么。再说，人家还有四大悲剧哩——你敢挑四大悲剧的毛病吗？我现在靠写作为生，写上一辈子，总得写出些让别人解构不了的东西。我也不敢期望过高，写到有几分像莎翁就行了。到那时谁想摘我的草帽，就让他摘好了：不摘草帽是个细高挑，摘了还是个细高挑……

关于幽闭型小说

张爱玲的小说有种不同凡响之处，在于她对女人的生活理解得很深刻。中国有种老女人，面对着年轻的女人，只要后者不是她自己生的，就要想方设法给她罪受：让她干这干那，一刻也不能得闲，干完了又说她干得不好；从早唠叨到晚，说些尖酸刻薄的话——捕风捉影，指桑骂槐。现在的年轻人去过这种生活，一天也熬不下来。但是传统社会里的女人都得这么熬。直到多年的媳妇熬成了婆，这女人也变得和过去的婆婆一样了。张爱玲对这种生活了解得很透，小说写得很地道。但说句良心话，我不喜欢。我总觉得小说可以写痛苦，写绝望，不能写让人心烦的事，理由很简单：看了以后不烦也要烦，烦了更要烦，而心烦这件事，正是多数中国人最大的苦难。也有些人烦到一定程度就不烦了——他也"熬成婆"了。

像这种人给人罪受的事，不光女人中有，男人中也有，不光中国有，外国也有。我在一些描写航海生活的故事里看到过这类事，这个折磨人的家伙不是婆婆，而是水手长。有个故事好像是马克·吐温写的：有这么个千刁万恶的水手长，整天督着手下的水手洗甲板，擦玻璃，洗桅杆。讲卫生虽是好事，但甲板一天洗二十遍也未免过分。有一天，水手们报告说，一切都洗干净了。他老人家爬到甲板上看看，发现所有的地方都一尘不染，挑不出毛病，就说：好罢，让他们把船锚洗洗罢。整天这样洗东西，水手们有多心烦，也就不必再说了，但也无法可想：四周是汪洋大海，就算想辞活不干，也得等到船靠码头。实际上，中国的旧式家庭，对女人来说也是一条海船，而且永远也靠不了码头。你要是烦得不行，就只有跳海一途。这倒不是乱讲的，旧式女人对自杀这件事，似乎比较熟练。由此可以得到这样的结论：这种故事发生的场景，总是一个封闭的地方，人们在那里浪费着生命。这种故事也就带点幽囚恐怖症的意味。

本文的主旨，不是谈张爱玲，也不是谈航海小说，而是在谈小说里幽闭、压抑的情调。家庭也好，海船也罢，对个人来说，是太小的囚笼，对人类来说，是太小的噩梦。更大的噩梦是社会，更准确地说，是人文生存环境。假如一个社会长时间不进步，生活不发展，也没有什么新思想出现，对知识分子来说，就是一种噩梦。这种噩梦会在文学上表现出来。这正是中国文学的一个传统。这是因为，中国人相信天不变道亦不变，在生活中感到烦躁时，就带有最深刻的虚无感。这方面最好的例子，是明清的笔记小说，张爱玲的小说也带有这种味道：有忧伤，无愤怒；有绝望，无仇恨；看上去像个临死的人写的。我初次读张爱玲，是在美国，觉得她怪怪的。回到中国看当代中青年作家的作品，都是这么股味。这时才想道：也许不是别人怪，是我怪。

所谓幽闭类型的小说，有这么个特征：那就是把囚笼和噩梦当作一切来写。或者当媳妇，被人烦；或者当婆婆，去烦人；或者自怨自艾；或者顾影自怜；总之，是在不幸之中品来品去。这种想法我很难同意。我原是学理科的，学理科的不承认有牢不可破的囚笼，更不信有摆不脱的噩梦。人生唯一的不幸就是自己的无能。举例来说，对数学家来说，只要他能证明费尔马定理，就可以获得全球数学家的崇敬，自己也可以得到极大的快感，问题在于你证不出来。物理学家发明了常温核聚变的方法，也可马上体验幸福的感觉，但你也发明不出来。由此就得出这样的结论，要努力去做事、拼命地想问题，这才是自己的救星。

怀着这样的信念，我投身于文学事业。我总觉得一门心思写单位里那些烂事，或者写些不愉快的人际冲突，不是唯一可做的事情。举例来说，可以写《爱丽丝漫游奇境记》这样的作品，或者像卡尔维诺《我们的祖先》那样的小说。文学事业可以像科学事业那样，成为无边界的领域，人在其中可以投入澎湃的想象力。当然，这很可能是个馊主意。我自己就写了这样一批小说，其中既没有海船,也没有囚笼,只有在它们之外的一些事情。遗憾的是,这些小说现在还在主编手里压着出不来,他还用一种本体论的口吻说道:他从哪里来?他是谁?他到底写了些什么?

* 载于 1996 年第 8 期《博览群书》杂志。

小说的艺术

朋友给我寄来了一本昆德拉的《被背叛的遗嘱》，这是本谈小说艺术的书。书很长，有些地方我不同意，有些部分我没看懂（这本书里夹杂着五线谱，但我不识谱，家里更没有钢琴）；但还是能看懂能同意的地方居多。我对此书有种特别的不满，那就是作者丝毫没有提到现代小说的最高成就：卡尔维诺、尤瑟纳尔、君特·格拉斯、莫迪阿诺，还有一位不常写小说的作者，玛格丽特·杜拉斯。早在半世纪以前，茨威格就抱怨说，哪怕是大师的作品，也有纯属冗余的成分。假如他活到了现在，看到现代小说家的作品，这些怨言就没有了。昆德拉不提现代小说的这种成就，是因为同行嫉妒，还是艺术上见解不同，我就不得而知。当然，昆德拉提谁、不提谁，完全是他的自由。但若我来写这本书，一定要把这件事写上。不管怎么说罢，我同意作者的意见，的确存在一种小说的艺术，这种艺术远不是谁都懂得。昆德拉说：不懂开心的人不会懂得任何小说艺术。除了懂得开心，还要懂得更多，才能懂得小说的艺术。但若连开心都不懂，那就只能把小说读糟蹋了。归根结底，昆德拉的话并没有错。

我自己对读小说有一种真正的爱好，这种爱好不可能由阅读任何其他类型的作品所满足。我自己也写小说，写得好时得到的乐趣，绝非任何其他的快乐可以替代。这就是说，我对小说有种真正的爱好，而这种爱好就是对小说艺术的爱好——在这一点上我可以和昆德拉沟通。我想象一般的读者并非如此，他们只是对文化生活有种泛泛的爱好。现在有种论点，认为当代文学的主要成就是杂文，这或者是事实，但我对此感到悲哀。我自己读杂文，有时还写点杂文。照我看，杂文无非是讲理，你看到理在哪里，径直一讲就可。当然，把道理讲得透彻、讲得漂亮，读起来也有种畅快淋漓的快感，但毕竟和读小说是两道劲儿。写小说则需要深得虚构之美，也需要些无中生有的才能；我更希望能把这件事做好。所以，我虽能把理讲好，但不觉得这是长处，甚至觉得这是一种劣根性，需要加以克服。诚然，作为一个人，要负道义的责任，憋不住就得说，这就是我写杂文的动机。所以也只能适当克服，还不能完全克服。

前不久在报上看到一种论点，说现在杂文取代了小说，负起了社会道义的责任。假如真是如此，那倒是件好事——小说来负道义责任，那就如希腊人所说，鞍子扣到头上来了——但这是仅就文学内部而言。从整个社会而言，道义责任全扣在提笔为文的人身上还是不大对头。从另一方面来看，负道义责任可不是艺术标准，尤其不是小说艺术的标准。这很重要啊。

昆德拉的书也主要是说这个问题。写小说的人要让人开心，他要有虚构的才能，并且有施展这种才能的动力——我认为这是主要之点。昆德拉则说，看小说的人要想开心，能够欣赏虚构，并已能宽容虚构的东西——他说这是主要之点。我倒不存这种奢望。小说的艺术首先会形成在小说家的意愿之中，以后会不会遭人背叛，那是以后的事。首先要有这种东西，这才是最主要的。

昆德拉说，小说传统是欧洲的传统。但若说小说的艺术在中国从未受到重视，那也是不对的。在很多年前，曾有过一个历史的瞬间：年轻的张爱玲初露头角，显示出写小说的才能。傅雷先生发现了这一点，马上写文章说：小说的技巧值得注意。那个时候连张春桥都化名写小说，仅就艺术而言，可算是一团糟，张爱玲确是万绿丛中一点红——但若说有什么遗嘱被背叛了，可不是张爱玲的遗嘱，而是傅雷的遗嘱。天知道张爱玲后来写的那叫什么东西。她把自己的病态当作才能了……人有才能还不叫艺术家，知道珍视自己的才能才叫艺术家呢。

笔者行文至此，就欲结束。但对小说的艺术只说了它不是什么，它到底是什么，还一字未提。假如读者想要明白的话，从昆德拉的书里也看不到，应该径直找两本好小说看看。看完了能明白则好，不能明白也就无法可想了，可以去试试别的东西——千万别听任何人讲理，越听越糊涂。任何一门艺术只有从作品里才能看到——套昆德拉的话说，只喜欢看杂文、看评论、看简介的人，是不会懂得任何一种艺术的。

＊载于1996年第3期《博览群书》杂志。

我对小说的看法

我自幼就喜欢读小说,并且一直以为自己可以写小说,直到二十七八岁时,读到了图尼埃尔的一篇小说,才改变了自己的看法。在不知不觉之中,小说已经发生了很大的变化。现代小说和古典小说的区别,就像汽车和马车的区别一样大。现代小说中的精品,再不是可以一目十行往下看的了。为了让读者同意我的意见,让我来举一个例子:杜拉斯《情人》的第一句是:"我已经老了。"无限沧桑尽在其中。如果你仔细读下去,就会发现,每句话的写法大体都是这样的,我对现代小说的看法,就是被《情人》固定下来的。现代小说的名篇总是包含了极多的信息,而且极端精美,让读小说的人狂喜,让打算写小说的人害怕。在经典作家里,只有俄国的契诃夫偶尔有几笔写成这样,但远不是通篇都让人敬畏。必须承认,现代小说家曾经使我大受惊吓。我读过的图尼埃尔的那篇小说,叫作《少女与死》,它只是一系列惊吓的开始。

因为这个发现，我曾经放弃了写小说，有整整十年在干别的事，直到将近四十岁，才回头又来尝试写小说。这时我发现，就是写过一些名篇的现代小说家，平常写的小说也是很一般的。瑞士作家迪伦马特写完了他的名篇《法官和他的刽子手》之后，坦白说，这个长中篇耗去了他好几年的光阴，而且说，今后他不准备再这样写下去了。此后他写了很多长篇，虽然都很好看，但不如《法官和他的刽子手》精粹。杜拉斯也说，《情人》经过反复的修改，每一段、每一句都重新安排过。照我看，她的其他小说都不如《情人》好。他们的话让人看了放心，说明现代小说家也不是一群超人。他们有些惊世骇俗的名篇，但是既不多，也不长。虽然如此，我还是认为，现代小说中几个中篇，如《情人》之类，比之经典作家的鸿篇巨制毫不逊色。爱好古典文学的人也许不会同意我的看法，我也没打算说服他们。但我还是要说，我也爱好过古典文学；而在影视发达的现代，如果没有现代小说，托尔斯泰并不能让我保持阅读的习惯。

我认为，现代小说的成就建筑在不多几个名篇上，虽然凭这几篇小说很难评上诺贝尔文学奖，但现代小说艺术的顶峰就在其中。我的抱负也是要在一两篇作品里达到这个水平。我也特别喜欢写长中篇（六万字左右），比如我的《未来世界》，就是这么长。《情人》《法官和他的刽子手》等名篇也是这么长。当然，这样做有东施效颦之嫌。在我写过的小说里,《黄金时代》(《联合报》第十三届中篇小说奖)是我最满意的,但是还没达到我希望的水准,所以还要继续努力。

我写《黄金时代》

我写《黄金时代》，写了很长时间。现在这篇小说已经写完，从此属于读者。作为作者，长期在做的事有了结果，当然如释重负。至于小说是好是坏，有赖于读者的评判。

《黄金时代》记述了一件过去的事。我竭力去做的是把它述说完全，使读者可以了解一切。除此之外，没有很深的寓意。在我看来，最困难的就是让处在与我完全不同的文化背景之下的朋友可以了解我说的事。假如我已做到了这一点，那就是最大的成功。

如果说到寓意，我以为在一篇小说中，一切都在你所叙述的事件之中。假如叙事部分被理解了，一切都被理解了。所以我的寓意，就是《黄金时代》所说到的事件。只要这些事被理解无误，读者乐意得到什么结论都可以。

这篇小说中有大量的性爱描写，这是无须掩饰的事。性是《黄金时代》的主题之一。对于我们成年人来说，性爱是已发生或即将发生的事。我认为对此既不须渲染，也无须掩饰，因为它本是生活的一部分。假如要说明过去的事，没有它，绝不会完全。

在坦荡善良的人之间，性和其他事一样，都可以讨论；其中的痛苦、快乐，也可以得到共鸣。但是在另一些场合，不但性，简直任何事都不可以说。我在写作时，总把读者认作善良坦荡的朋友，这是写小说的原始假设之一。除此之外，不可能有其他的写作态度。当然，假如我的作品遭到恶评，那只好像夫子所云"爱人不亲，返其仁"了。

李有为先生在审评意见中指出，这篇小说可以看作某种意义下的伤痕文学。像小说中发生的事，是我们这一代人的经历，已经成为自我的一部分。对于个人来说，生命中已发生的事总是值得珍视的。我喜欢不断回溯自我，解析已发生的事。所以，虽然伤痕文学是个普遍接受的专有名词，但是我不太喜欢这个名词。因为对于过去的时代和已发生的事，我抱中性的态度。现在固然可以做种种价值评判，但是最主要的是正确和完全的叙述。

像一切成年人一样，我也关心道德问题。小说里写了很多性，就产生了这篇小说是否道德的问题。我以为，一个社会里，道德既非圣人之言，也非少数圣徒的判断，乃是成年人的公断。某件事是否道德，只有当人们完全了解之后，才有道德方面的结论。当然有一些朋友认为，不道德的事情是不须了解的，只要略知其名，就可以下结论。假如完全了解，自己也要沦为不道德。我对后一类朋友永远抱有敬畏之心。过去很爱看萧伯纳的书，我以为《巴巴拉少校》是萧翁最精彩的剧本。他说：所谓明辨是非，本是难倒一切科学家哲学家的事，但是对有些人来说，却是与生俱来的本领。这些朋友就不必受思索的苦恼了。这真叫人抱怨造物不公！

有关在小说里写性，我也有过一些顾虑。米兰·昆德拉喜欢用一个词："媚俗"。这是作家的一块心病，因为你会考虑到各种各样的人有何想法。我很怕别人说我蓄意渲染，以示大胆不同流俗等等。当然，也怕另一些人说我是大流氓。但是如果考虑到一切人的看法，写作就成了一件叫人害臊的事了。在这种情况下，还不如听了毛姆的话，到公共厕所去分发手纸。这是他对一切痛苦中的作家的建议。

* 载于1991年12月31日《联合报》。

《黄金时代》后记

罗素先生在他的《西方的智慧》一书里曾经引述了这样一句话：一本大书就是一个灾难！我同意这句话，但我认为，书不管大小，都可以成为灾难，并且主要是作者和编辑的灾难。

本书的三部小说被收到同一个集子里，除了主人公都叫王二之外，还有一个原因，那就是它们有着共同的主题。我相信读者阅读之后会得出这样的结论，这个主题就是我们的生活；同时也会认为，还没有人这样写过我们的生活。本世纪初，有一位印象派画家画了一批伦敦的风景画，在伦敦展出，引起了很大轰动——他画的天空全是红的。观众当然以为是画家存心要标新立异，然而当他们步出画廊，抬头看天时，发现因为是污染的缘故，伦敦的天空的确是砖红色的。天空应当是蓝色的，但实际上是红色的；正如我们的生活不应该是我写的这样；但实际上，它正是我写的这个样子。

本书中《黄金时代》曾在台湾《联合报》连载,《革命时期的爱情》和《我的阴阳两界》也在国内刊物上发表过。我曾经就这些作品请教过一些朋友的意见;除了肯定的意见之外,还有一种反对的意见是这样的:这些小说虽然好看,但是缺少了一个积极的主题,不能激励人们向上,等等。作者虽是谦虚的人,却不能接受这些意见。积极向上虽然是为人的准则,也不该时时刻刻挂在嘴上。我以为自己的本分就是把小说写得尽量好看,而不应在作品里夹杂某些刻意说教。我的写作态度是写一些作品给读小说的人看,而不是去教诲不良的青年。

我知道,有很多理智健全、能够辨别善恶的人需要读小说,本书就是为他们而写。至于浑浑噩噩、善恶不明的人需要读点什么,我还没有考虑过。不管怎么说,我认为咱们国家里前一类读者够多了,可以有一种正经文学了;若说我们国家的全体成年人均处于天真未凿、善恶莫辨的状态,需要无时无刻的说教,这是我绝不敢相信的。自我懂事以来,领导者对我国人民的生活水平总是评价过高,对我国人民的智力、道德水平总是评价过低,我认为这是一种偏差。当然,假如这是出于策略的考虑,那就不是我所能知道的了。

有关这本书,还有最后一点要说:本世纪初,那个把伦敦的天空画成了红色的人,后来就被称为"伦敦天空的发明者"。我这样写了我们的生活,假如有人说,我就是这种生活的发明者,这是我绝不能承认的。众所周知,这种发明权属于更伟大的人物、更伟大的力量。

本书得以面世,多亏了不屈不挠的意志和积极的生活态度。必须说明,这些优秀品质并非作者所有。鉴于出版这本书比写出这本书要困难得多,所以假如本书有些可取之处,应当归功于所有帮助出版和发行它的朋友们。

* 收录于华夏出版社 1994 年版《黄金时代》。

从《黄金时代》谈小说艺术

《黄金时代》这本书里,包括了五部中篇小说。其中《黄金时代》一篇,从二十岁时就开始写,到将近四十岁时才完篇,其间很多次地重写。现在重读当年的旧稿,几乎每句话都会使我汗颜,只有最后的定稿读起来感觉不同。这篇三万多字的小说里,当然还有不完美的地方,但是我看到了以后,丝毫也没有改动的冲动。这说明小说有这样一种写法,虽然困难,但还不是不可能。这种写法就叫作追求对作者自己来说的完美。我相信对每个作者来说,完美都是存在的,只是不能经常去追求它。据说迪伦马特写《法官和他的刽子手》也写了很多年,写完以后说:今后再也不能这样写小说了。这说明他也这样写过。一个人不可能在每篇作品里做到完美,但是完美当然是最好的。

有一次,有个女孩子问我怎样写小说,并且说她正有要写小说的念头。我把写《黄金时代》的过程告诉了她。下次再见面,问她的小说写得怎样了,她说,听说小说这么难写,她已经把这个念头放下了。其实在这本书里,大多数章节不是这样呕心沥血地写成的。但我主张,任何写小说的人都不妨试试这种写法。这对自己是有好处的。

这本书里有很多地方写到性。这种写法不但容易招致非议,本身就有媚俗的嫌疑。我也不知为什么,就这样写了出来。现在回忆起来,这样写既不是为了找些非议,也不是想要媚俗,而是对过去时代的回顾。众所周知,六七十年代,中国处于非性的年代。在非性的年代里,性才会成为生活主题,正如饥饿的年代里吃会成为生活的主题。古人说:食色性也。想爱和想吃都是人性的一部分,如果得不到,就成为人性的障碍。

然而,在我的小说里,这些障碍本身又不是主题。真正的主题,还是对人的生存状态的反思。其中最主要的一个逻辑是:我们的生活有这么多的障碍,真他妈的有意思。这种逻辑就叫作黑色幽默。我觉得黑色幽默是我的气质,是天生的。我小说里的人也总是在笑,从来就不哭,我以为这样比较有趣。喜欢我小说的人总说,从头笑到尾,觉得很有趣等等。这说明本人的作品有自己的读者群。当然,也有些作者以为哭比较使人感动。他们笔下的人物从来就不笑,总在哭。这也是一种写法。他们也有自己的读者群。有位朋友说,我的小说从来没让她感动过。她就是个爱哭的人,误读了我的小说,感到很失落。我这样说,是为了让读者不再因为误读我的小说感到失落。

现在严肃小说的读者少了,但读者的水平是大大提高了。在现代社会里,小说的地位和舞台剧一样,正在成为一种高雅艺术。小说会失去一些读者,其中包括想受道德教育的读者,想看政治暗喻的读者,感到性压抑、寻找发泄渠道的读者,无所事事想要消磨时光的读者;剩下一些真正读小说的人。小说也会失去一些作者——有些人会去下海经商,或者搞影视剧本;最后只剩下一些真正写小说的人。我以为这是一件好事。

* 载于1997年第5期《出版广角》杂志,题为"有关《黄金时代》"。

工作·使命·信心
——《黄金时代》得奖感言

我从很年轻时就开始写作,到现在已有近二十年。虽然在大陆的刊物上发表过几篇小说,出版过一部小说集,但对自己所写的东西,从来没有真正满意过。文学虽然有各种流派,各种流派之间又有很大的区别,但就作品而言,最大的区别却在于,有些作品写得好,有些作品写得不好。写出《黄金时代》之前,我从未觉得自己写得好,而《黄金时代》一篇,自觉写得尚可。感谢我的老师许倬云教授推荐了这篇小说,感谢《联合报》和各位评委先生把这个奖评给它。因为这篇小说是我的宠儿,所以它能获奖使我格外高兴。

一篇小说在写完之前,和作者有千丝万缕的联系,我们总是努力使它完美无缺。而一旦写完之后,就与作者再无关系。一切可用的心血都已用尽,个人已再无力量去改动它,剩下的事情就是把它出版,让别人去评说——玛格丽特·杜拉斯就是这样看待她写的每一篇小说。世界上每一种语文，都应该有很多作品供人阅读和评论，而作家的任务就是把它们写出来，并且要写得好。这是一件艰苦的工作，我还不能完全相信这就是我此生的使命，也许此次获奖会帮助我建立这样的信心。

* 载于 1991 年 9 月 16 日《联合报》。

与人交流
——《未来世界》得奖感言

再次得到《联合报》中篇小说奖,感慨万千。首要的一条就是:短短两三年的时间里,自己就已告别了青年,步入中年。另外一条就是:文学是一种永恒的事业。对于这样一种事业来说,个人总是渺小的。因为这些原因,这奖真是太好了。我觉得,这奖不是奖给已经形成的文字,而是奖给对小说这门艺术的理解。奖项的价值不只在于奖座和奖金,更在于对作品的共鸣。从这个意义上说,这奖也真是太好了。

人在写作时,总是孤身一人。作品实际上是个人的独白,是一些发出的信。我觉得自己太缺少与人交流的机会——我相信,这是写严肃文学的人共同的体会。但是这个世界上除了有自己,还有别人;除了身边的人,还有整个人类。写作的意义,就在于与人交流。因为这个缘故,我一直在写。

《未来世界》这篇小说,写了一个虚拟的时空,其中却是一个真实的世界。我觉得它不属于科幻小说,而是含有很多黑色幽默的成分。至于黑色幽默,我认为无须刻意为之,看到什么,感觉到什么,把它写下来,就是黑色幽默。这件事当然非常地有意思。

* 载于 1995 年 3 月 20 日《联合报》。

《怀疑三部曲》序

这本书里包括了我近年来写的三部长篇小说。我写长篇小说是很不适合的，主要的原因在于记忆力方面的缺陷。我相信如果不能把已写出的每一根线索都记在心里，就不能写出好的结构；如果不能把写出的每一句话记在心里，就不能写出好的风格。对我来说，五万字以下的篇幅是最合适的。但是这样的篇幅不能表达复杂的题目。

我从很年轻时就开始写小说，但一直不知自己为什么要写，写的是些什么。直到大约十年前，我在美国读《孟子》，深刻地体验到孟子的全部学说来自于一种推己及人的态度，这时才猛省到，人在写作时，总免不了要推己及人。有关人的内心生活，所有的人都知道一个例子，就是自己。以自己的品行推论他人，就是以一个个案推论无限总体。在统计上可以证明这是很不可靠的做法，但是先贤就这样做了。自己这样想了，就希望人同此心，这种愿望虽不合理，但却是不可避免。一个个案虽不能得到可靠的推论，但是可以成立为假设。这是因为要做出假设，可以一个个案都没有，虽然多数假设都受到了一个个案的启迪。

我的三大基本假设都是这样得到的。第一个假设是：凡人都热爱智慧——因为我自己就热爱智慧，虽然这可能是因为我很低能。所谓智慧，我指的是一种进行理性思维时的快乐。当然，人有贤愚之分，但一个人认为思维是快乐的，那他就可说是热爱智慧的。我现在对这一点甚为怀疑，不是怀疑自己，而是怀疑每个人都热爱智慧。我写《寻找无双》时，心里总是在想这个问题。

第二个假设是凡人都热爱异性，因为我自己就是这样的。我很喜欢女孩子，不管她漂亮不漂亮。我也很喜欢和女孩子交往——这仅仅是因为她是异性。我不认为这是罪恶的念头。但是这一点现在看来甚为可疑。我写《革命时期的爱情》时，这个念头总在我心间徘徊不去。

第三个假设是凡人都喜欢有趣。这是我一生不可动摇的信条，假如这世界上没有有趣的事我情愿不活。有趣是一个开放的空间，一直伸往未知的领域，无趣是个封闭的空间，其中的一切我们全部耳熟能详。《红拂夜奔》谈的是这一点。现在我承认有很多人是根本不喜欢有趣的。我所能希望的最好情况就是能够证明还有少数人也喜欢有趣。

有位希腊名医说:这个人的美酒佳肴,就是那个人的穿肠毒药。我认为没有智慧、性爱而且没意思的生活不足取,但有些人却以为这样的生活就是一切。他们还说,假如有什么需要热爱,那就是这种生活里面的规矩——在我看来,这种生活态度简直是种怪癖。很不幸的是,有这种怪癖的人是很多的,有人甚至把这种怪癖叫作文化,甚至当作了生活本身。在他们的作品里弥漫着这种情绪,可以看出,他们写作时也免不了推己及人,希望人人都有这种情绪。这种想法我实在没法同意,所以,写作又多了一重任务——和别人做伦理上的讨论。我最讨厌在小说里做这样的事,但在序言里写上几句又当不同,而且有关智慧、性爱和有趣,我还可以谈得更多一些。

罗素先生幼年时,曾沉迷于一种悲观的心境之中。五岁的时候他想:人的一生有七十岁(这是圣经上说的),我这不幸的一生到此才过了十四分之一!但随后他开始学习几何学,体验到智慧为何物,这种悲哀就消散到了九霄云外。人可以获得智慧,而且人类的智慧总在不断的增长之中。假如把这两点排除在外,人活着就真没什么意思了。至于性,弗洛伊德曾说,它是一切美的来源。当然,要想欣赏美,就不要专注于性器官,而是去欣赏人对别人的吸引力。我可以说服别人相信智慧是好的,性爱是好的,但我没法说服一个无趣的人,让他相信有趣是好的。有人有趣,有人无趣,这种区别是天生的。

一九八〇年，我在大学里读到了乔治·奥威尔的《一九八四》，这是一个终身难忘的经历。这本书和赫胥黎的《奇妙的新世界》、扎米亚京的《我们》并称反面乌托邦三部曲，但是对我来说，它已经不是乌托邦，而是历史了。不管怎么说，乌托邦和历史还有一点区别。前者未曾发生，后者我们已经身历。前者和实际相比只是形似，后者则不断重演，万变不离其宗。乔治·奥威尔的噩梦在我们这里成真，是因为有些人以为生活就该是无智无性无趣。他们推己及人，觉得所有的人都有相同的看法。既然人同此心，就该把理想付诸实现，构造一个更加彻底的无趣世界。因此应该有《寻找无双》，应该有《革命时期的爱情》，还应该有《红拂夜奔》。我写的是内心而不是外形，是神似而不是形似。

细读过《孟子》之后，我发现里面全是这样一些想法。这世界上有很多书都是这样的：内容无可挑剔，只是很没有意思。除了显而易见的坏处，这种书还有一种害人之处就在于：有人从这些书中受到了鼓舞，把整个生活朝更没意思的方向推动。孟子认为所有的人都应该把奉承权威当作一生最主要的事业，并从中得到乐趣。有关这一点，可以从"乐之实"一节得到证明。这个权威在家里是父亲和兄长，在家外是君王和上级。现在当然没有了君王，但是还有上级，还有意识形态。我丝毫不同意他的观点。我很爱我故世的父亲，但是不喜欢奉承他。我也很爱我哥哥，他的智能高我十倍，和他谈话是我所能得到的最大乐趣。但我要是去拍他的马屁，我们俩都会很痛苦。总而言之，我不能从奉承和顺从中得到乐趣。

我总觉得不止我一个人有这样的想法。既然如此，我们为什么不说呢？有句话我们常说：不说话也没人把你当哑巴卖了。很不幸的是，假如你不肯站出来说，有趣是存在的，别人就会以为你和他一样是个无趣的人。到现在为止，这世界上赞成无趣的书比赞成有趣的书多得多，这就是证明。人的生活应该无智无性无趣，在我们这里仿佛已经成了人间的至理。好在，哲学领域里已经有人在反对无聊的乌托邦，反对那些以无趣推及有趣，以愚蠢推及智慧的人，比方说，波普先生。谁要是有兴趣，不妨找本波普的书来看看。作为写小说的人，我要做的不是这样的事情。小说家最该做的事是用作品来证明有趣是存在的，但很不幸的是，不少小说家做的恰恰是相反的事情。

有一本书叫作 *Word is Out*，虽然我对书里的内容不能赞同，但是我赞成这个题目。有些话仿佛永远讲不出口，仅仅是因为别人已经把反对它的话讲了出来。因此这些话就成了心底的暗流，形不成文字，也形不成话语，甚至不能形成有条理的思路——它就变成了郁结的混沌。而已经讲出的话则被人们一再重复，结构分明地架在混沌之上。我看到一个无智的世界，但是智慧在混沌中存在；我看到一个无性的世界，但是性爱在混沌中存在；我看到一个无趣的世界，但是有趣在混沌中存在。我要做的就是把这些讲出来。

在我的小说里已经谈到了我的人生态度，我认为这应该是对人类，或者对中国人人生态度研究的宝贵材料。假设大家都像我一样坦白，我们就用不着推己及人，而可以用统计的方法求证。这就是说，写作的意义不仅是在现在，而且在于未来。坦白不光是浅薄，而且是勇气。这些话对于一本小说来说，只是题外之语。大家在小说里看到的，应该是有趣本身。

* 作者曾计划将《寻找无双》《革命时期的爱情》和《红拂夜奔》三部长篇小说编成集子出版，取名为《怀疑三部曲》。本篇与下一篇《〈怀疑三部曲〉后记》是作者为该书所作。它们最初发表于1997年第5期《出版广角》杂志，本篇题为"《怀疑三部曲》总序"，文字略有差异。

《怀疑三部曲》后记

《怀疑三部曲》是我在一九九三年以后写成的。它们属于严肃文学。我以为自己可以写些严肃的东西,中国也可以有严肃文学。这种看法未必对,但总该试试。顺便说一句,我以为严肃文学就是乍读起来有点费劲儿的东西。假如作者在按自己的思路解释一些事,这种文章总会让人感到费解,读者往往不能原谅这一点。请相信,我自己原来也不准备原谅这一点。但经过反复思量,发现不严肃有些东西就写不出来,结果才走上了这条路。我认为,严肃文学的作者最终会被一些读者原谅,因为他的书最终会给读者带来好的感觉;但也有些读者始终不会原谅他们,因为费力地读完全书后,没有一丁点好的感觉。然而,只要有前一种读者存在,严肃文学就是必要的。

从某种意义上说,严肃文学是一种游戏,它必须公平。对于作者来说,公平就是:作品可以艰涩(我觉得自己没有这种毛病);

可以荒诞古怪，激怒古板的读者（我承认自己有这种毛病）；还可以有种种使读者难以适应的特点。对于读者来说，公平就是在作品的毛病背后，必须隐藏了什么，以保障有诚意的读者最终会有所得。考虑到是读者掏钱买书，我认为这个天平要偏向读者一些，但是这种游戏绝不能单方面进行。尤其重要的是：作者不能太笨，读者也不能太笨。最好双方大致是同一水平。假如我没搞错的话，现在读者觉得中国的作者偏笨了一些。对于这些读者，我可以诚心诚意地保证说：我绝不至于太笨。假如你把本书读完，还有余兴来读这篇后记，一定会同意我的看法。

《私人生活》与女性文学

李静让我谈谈对女性文学的看法。我读过一些女作家的作品，但不幸的是，这些作品不是中国女性文学中的代表作品，真正的代表作一时又找不到，于是她给我拿来一本陈染的《私人生活》。据说这本书卖得虽好，还算不上女性文学的代表作。虽然不是代表作，毕竟还是女性文学。看过这本书之后，忽然想到前几天在报上看到一篇评女性文学的作品，说是这类作品无他，不过是披露个人的隐私，招人窥视。女性文学该如何评价暂且不论，这种批评本身是没有道理的。明明你窥视了别人，却说是人家招的，这是一种假道学。如果不用窥视的眼光来看，就该说它是本小说，按这种标准来评价。

《私人生活》是本有趣的书，讲述了一个女人成长的经历。假如我理解得不错，主要是讲她的性别意识形成的过程。类似题材的书，我以前只看过闵安琪用英文写的《红杜鹃》，这也是本有趣的书。相比之下,我更喜欢《红杜鹃》,因为它的时代背景是"文化革命",和我的生活经历比较接近。因为同样的理由,年轻人会更喜欢《私人生活》。《红杜鹃》是用英文写的,国内看不到,其中也写到了性别意识的形成,甚至也有女同性恋,不知这是不是女性文学的特征。这两本书有趣归有趣,恐怕还不能说是好小说。

《私人生活》的前半部比后面写得好:主人公童年的经历讲得有条有理,和T老师爱恨交集的感情纠葛交待得也算清楚。因为这个缘故,我说它是有趣的。书的后半部陷入了严重的混乱,主人公甚至进了精神病院——一部以第一人称写成的书出现这样的情节,应该说是失败的。听了一个故事,后来发现讲故事的人头脑有问题,这肯定不是个意外的惊喜。一般情况下,听众会感到后悔,觉得不该一本正经地听了很多疯话。所幸故事结束时,主人公的神智又恢复了,给读者一点安慰。总的来说,我不赞成这样写小说——这样对待读者是不严肃的:假如作者的态度不严肃,读者又怎能认真地对待你的作品呢?照我看这是全书最大的败笔。作为小说,《私人生活》不够好。假如《私人生活》是男作家写的书,我对自己的看法就有十分的把握。现在的问题是:这是女性文学。人家可以说,这是男性中心主义的批评,还可以说,我没读懂女性文学。所以我对自己的意见也没有把握了。

《私人生活》写了主人公的性经历,我觉得也没有写好。场面的描写本身就有问题(那些描写完全没达到陈染的水平),感情的脉络也不清楚。全书结束时，写到主人公在浴缸里审视自己，恢复了平静，我的理解是：主人公感情的主线是自恋。再翻回去看前面那些吃力的煽情描写，觉得言不由衷——和自恋的感觉很矛盾。我觉得把这些描写通通删掉会好一些。当然，都删了就会不好卖了。但想写好小说，就不能管它好卖不好卖。

《私人生活》写了女同性恋。《红杜鹃》里也写到了同性恋，女主人公和一位女指导员爱得发昏，想要做爱，又不知怎么下手，就说："让我们在战争中学习战争罢"——当时人们疯不疯傻不傻的劲头全都跃然纸上，这一笔很成功。相比之下，《私人生活》中禾寡妇和倪拗拗搞的那些事，倒让人看不懂了。拙劣的场面描写夹杂着一些没来由的感慨，倒像出自中学生的手笔。而《私人生活》中异性恋比同性恋写得还坏，举例来说，主人公倪拗拗和T老师初次发生性关系，是在一个叫作"阴阳洞"的地方，这个地名叫人想起了地摊上署名"黑松林"的下流读物。这地方看上去像个墓穴，实际上却是个餐厅；在干那件事之前，先吃了十道大菜，其中包括猴子的腿……

干完之后，又来上一段哲学思辨。我不知别人感觉如何，反正我没猜出这么写用意何在。

就小说而论，我以为《私人生活》写简明些好。主人公倪拗拗是个自恋倾向很重的人，似应着重写她的内心世界、她的感觉，写她无法实现的想入非非。小说里有一笔写她单恋尼克松，就比较自然，一直这样写就好了。而把所有女人的性别意识都套在她一个人头上，当然无法收拾。主人公进了精神病院，这是感情逻辑的破产。一个感情不能自圆其说、非进精神病院不可的人物，叫人无法认真对待；这主要是因为我扪心自问，觉得自己还没有疯。

其实，我对此书的附录——陈染的访谈录——更感兴趣。这篇短文比整本小说都好读。陈染对小说的很多看法我都赞成，只有对卡夫卡的看法例外。陈染说，她觉得和卡夫卡气质相近，我觉得不然。卡夫卡虽然抑郁，但他的抑郁里没有自恋的成分——他说，每个障碍都能克服我。他的问题是悲观绝望。这种情绪和过度自恋造成的抑郁不是一回事——不能把所有的气质都往自己身上扯。在访谈结束时，谈到了女性写作的文化角度。我对这个问题很有兴趣：这主要是因为，一种文化人类学的观点正在泛滥，一直蔓延到了文学的领域。

文化人类学有种文化相对主义的观点，主张尊重各种文化特异性。假如真有一种女性的文化角度，我们也该尊重它的特异性。如陈染所说，女作家可以在男人性别停止之处开始思索，假如这是真的，我们就有指望读到些独特的好作品。但就《私人生活》而论，我有理由说，我的指望落空了。现在我觉得《私人生活》不好，陈染会说，这是男性中心的偏见。假如我说这书好看之极，她就不会在意我是个男性。这样等于立起了个单向的闸门：颂扬的话能通过，批评的话就通不过。任何人都能看出这件事的不合理之处：女作家的作品，男人只能赞美，这种赞美就没了意义。假如女性文学意味着对文学做这样的分割，那就没什么意思。文化相对主义的观点，在文学领域也不可滥用，它会把文学割碎。当然，对于女性文学，我也不是完全的取消派。女作家写性别意识，只要能写好，我就赞成。

另外一方面，作者写出文学未曾表现的一种文化特异性，会是有趣的，但又不一定会好。举例来说，假设有种肉冻似的海洋生物有思维的能力，在大海中漂浮了亿万年。我们把它们中的一个捞了出来，放进鱼缸，给它一支笔，可以想见，它能写出些有趣的东西，但未见得好，虽然它们在陆生动物停止的地方开始思考，也不见得是好小说家。除非它对文学有些了解，有一些写作的经验——假如我们承认有好和坏，那么就必须承认在文化的特异性之外，还有一个统一的文学标准，由这个标准来决定作品的好和坏。我对女权主义的理论和文化人类学还有些了解，我的看法是：这些学问不能教给我们如何写作。通过写作可以改变自我，这就是说，真正能教我们如何写作的，却是写作自身。

* 载于1996年第11期《北京文学》杂志。

从《赤彤丹朱》想到的

翻开张抗抗的《赤彤丹朱》,马上就想到了尤瑟纳尔的《虔诚的回忆》和《北方档案》。这几本书大体是同一个路数。我虽然是尤瑟纳尔赤诚的崇拜者,对《北方档案》却一点都不喜欢——我喜欢尤瑟纳尔的《一弹解千愁》《东方奇观》;假如尤瑟纳尔没写过《虔诚的回忆》《北方档案》,我的感觉能好一些。这主要是因为我觉得尤瑟纳尔是位小说家,我更希望她写小说,而不希望她写史或纪实一类的东西。当然,我对写史和纪实也无偏见,只要它写得好。张抗抗的书以前没有读过,对她并无这种先入之见。但不管怎么说罢,照我的个人判断,《赤彤丹朱》不属小说一类。

在此谈谈我对小说的看法,也许不是多余的。本世纪四十年代,茨威格就抱怨说,以往的小说不够精当。我对他的抱怨是赞成的,但以为他自己的小说也不够精当。以后就出现了很多可称是精当的小说,比方说,意大利卡尔维诺的作品,还有法国的"新小说"。

当然，有人认为它们"太拘泥于文学，不怎么好"，但我总觉得这才叫作小说——小说从语言到结构，就该是处处完美。朝这个方向努力，小说才能和历史、纪实、通俗文学分开——就像戏剧、哲学那样，是一种远不是谁都能来上一手的文体，这样才对。当然，这是我个人的看法，按照我们这里通用的标准，《赤彤丹朱》还得算是小说，而且是属小说中比较经典的一个类别。因为我相信近三四十年来，小说艺术有了很大的进步，所以这里的"经典"应该说是个贬义词。尤瑟纳尔有些小说达到了现代的标准，这是她最好的作品；还有些达到了"经典"的标准，就没有前一种好。我倒希望张抗抗除了《赤彤丹朱》，还能有另一类的小说。

如前所述，我不大欣赏《虔诚的回忆》和《北方档案》，但我倒能理解尤瑟纳尔写这两本书的出发点。知识分子不同于芸芸众生，他不仅仅生活在现时现世，而是生活在一个时间段里。人文知识分子更了解历史，他生活在从过去到现在的这个时间段里；科技知识分子更关注未来，他生活在从现在到未来的时间段里——假如我说出，我受过科技和人文两种科学的训练，也许大家更能宽容我的武断——不管是哪种知识分子，与大众都有所区别，所以都是知识分子。在上述两本书里，尤瑟纳尔体现了她的这种胸襟。尽管如此，我还是不喜欢这两本书。因为我很崇拜尤瑟纳尔，所以带着内心的痛苦说这样的话。至于《赤彤丹朱》，我更不喜欢。请相信，我是带着更大的痛苦说这句话。

因为我也写小说，而且很害怕听到苛评，所谓己所不欲勿施于人……好在还有一句可以安慰张抗抗的话：我不喜欢，不等于别人也不喜欢。

仅从形式上看，张抗抗的书和尤瑟纳尔的书有很相像的地方。尤瑟纳尔《虔诚的回忆》里写了她母系的故事，又在《北方档案》写了她父系的故事；《赤彤丹朱》在前二百七十页写母系，二百七十页以后写父系。但在意思上有一点根本的颠倒，造成了我更不喜欢后一本书。《北方档案》写到一个女婴（也就是尤瑟纳尔）出世为止；而在《赤彤丹朱》里，第一人称作者已经出生，还占据了全书的中心地位。尤瑟纳尔把自己推广到了遥远的过去，把对自我的感觉扩展到一个宽广的时间段里；而张抗抗则从父母两系来解释自己，最后把一切都压缩到了一个点上，那就是全书最后一句她写的："一九九四年八月完稿于北京花园村"。客观地说，这两种想法有高低的区别。顺便说一句，对尤瑟纳尔的文化胸襟，实在不能轻看，她老人家是位文化上的巨人。要是拿尤瑟纳尔和张抗抗做比较，对后者不够公平——她还年轻，而且不是科学院院士。但这非我之罪，谁让她的书那么像尤瑟纳尔呢？……

张抗抗的这本书主要是在写自我，对于女作家来说，写自我是很可取的。但也不知为什么，中国现代女作家写的自我是有毛病的；往往很不好看。以我之见，作家写自我有两种不同的态度。一种是把自我当作subject，一种则把自我当作object。我不是在卖弄自己懂几句洋文,而是在这方面中文没有特别贴切的相应词汇。假如把自我看作subject,则把它看成是静态的、不可改变的,是自恋、自足的核心。若把它看作是object,那就是说,自我也是动态的、可以改变的,可以把它向前推进。我们国家的文学传统,有一半来自传统文化,另一半来自前苏联,总以人类灵魂的工程师自居,想着提升和改造别人的灵魂,炫耀和卖弄自己的灵魂。不知为什么,我不大喜欢这一点。相比之下,我很喜欢福科的这句话:"通过写作来改变自我。"这也是我的观点。所以一在书里看到以自我为中心的种种感触,我马上就有不同意见。

坦白地说,如果不是编辑先生力邀,我不会写这篇评论。这主要是因为此书的书名,还有洋溢在书中强烈的使命感和优越感。这些成分不属于文学,更不属于文化的范畴。要论家庭出身,我也属红五类,但我总觉得,如果我自己来提到这一点,是令人厌恶的⋯⋯

好在这本书还有些可以评论的东西。由它可以谈到尤瑟纳尔,甚至谈到了福科。这说明我们国家的文学事业也在和国际接轨。很不幸的是,接轨这件事,有好的一面,也有坏的一面:好的一面是增广了见识,坏的一面是画虎不成反类犬。更加不幸的是:我这篇文章谈的全是坏的一面。

* 载于1996年1月31日《中华读书报》。

《代价论》、乌托邦与圣贤

郑也夫先生的《代价论》在哈佛燕京丛书里出版了，书在手边放了很长时间都没顾上看——我以为如果没有精力就读一本书，那是对作者的不敬。最近细看了一下，觉得也夫先生文笔流畅，书也读得很多，文献准备得比较充分。就书论书，应该说是本很好的书；但就书中包含的思想而论，又觉得颇为抵触。说来也怪，我太太是社会学家，我本人也做过社会科学的研究工作，但我对一些社会科学家的思想越来越觉得隔膜。

这本书的主旨，主要是中庸思想的推广，还提出一个哲理：任何一种社会伦理都必须付出代价，做什么事都要把代价考虑在内，等等。这些想法是不错的，但我总觉有些问题当作技术问题看比当原则问题更恰当些。当你追求一种有利效果时，有若干不利的影响随之产生，这在工程上最常见不过，有很多描述和解决这种问题的数学工具——换言之，如果一心一意地要背弃近代科学的分析方法,自然可以提出很多的原则,但这些原则有多大用处就很难说了。中庸的思想放在一个只凭感觉做事的古代人脑子里会有用——比方说他要蒸馒头,记住中庸二字,就不会使馒头发酸或者碱大。但近代的化工技师就不需要记住中庸的原则,他要做的是测一下 PH 值,再用天平去称量苏打的分量。总而言之,我不以为中庸的思想有任何高明之处,当然这也可能是迷信分析方法造成的一种偏见。我听到社会学家说过,西方人发明的分析方法已经过时,今后我们要用中国人发明的整合方法做研究;又听到女权主义者说,男人发明的理性的方法过时了,我们要用感性的方法做研究。但我总以为,做研究才是最主要的。

《代价论》分专章讨论很多社会学专题,有些问题带有专门性,我不便评论,但有一章论及乌托邦的,我对这个问题特别有兴趣。"乌托邦"这个名字来自摩尔的同名小说,作为一种文学题材,它有独特的生命力。除了有正面乌托邦,还有反面乌托邦。这后一种题材生命力尤旺。作为一种制度,它确有极不妥之处。首先,它总是一种极端国家主义的制度,压制个人;其次,它僵化,没有生命力;最后,并非最不重要,它规定了一种呆板的生活方式,在其中生活一定乏味得要死。近代思想家对它多有批判,郑先生也引用了。但他又说,乌托邦可以激励人们向上,使大家保持蓬勃的朝气,这就是我所不能同意的了。

乌托邦是前人犯下的一个错误。不管哪种乌托邦,总是从一个人的头脑里想象出来的一个人类社会，包括一个虚拟的政治制度、意识形态、生活方式，而非自然形成的人类社会。假如它是本小说，那倒没什么说的。要让后世的人都到其中去生活，就是一种极其猖狂的狂妄。现世独裁者的狂妄无非是自己一颗头脑代天下苍生思想，而乌托邦的缔造者是用自己一次的思想，代替千秋万代后世人的思想，假如不把后世人变得愚蠢，这就无论如何也不可能成功。现代社会的实践证明，不要说至善至美的社会，就是个稍微过得去的社会，也少不了亿万人智力的推动。无论构思乌托邦，还是实现乌托邦，都是一种错误，所以我就不明白它怎能激励人们向上。我们曾经经历过乌托邦鼓舞出的蓬勃朝气，只可惜那是一种特殊的愚蠢而已。

从郑也夫的《代价论》扯到乌托邦，已经扯得够远的了。下一步我又要扯到圣贤身上去，这题目和郑先生的书没有一丝一毫的关系。讨厌乌托邦的人上溯它的源头，一直寻到柏拉图和他的《理想国》，然后朝他猛烈开火攻击。中国的自由派则另有攻击对象，说种种不自由的始作俑者。此时此地我也不敢说自己是个自由派，但我觉得这种攻击有些道理。罗素先生攻击柏拉图是始作俑者，给他这样一个罪名：一代又一代的青年读了《理想国》，胸中燃烧起万丈雄心，想当莱库格斯或一个哲人王，只可惜对权势的爱好总是使他们误入歧途。这话我想了又想，终于想到，说理想国的爱好者们爱好权势，恐怕不是不当的指责。莱库格斯就不说了,哲人王是什么?

就是圣贤啊。

* 载于1997年第5期《博览群书》杂志,题为"《代价论》与乌托邦",文字与本篇亦有差异。

不新的《万历十五年》

黄仁宇先生的《万历十五年》很早就在中国出版了，因为选了家好的出版社，所以能够不断重印。我手里这一本是九五年底第四次印刷的，以后还有可能再印。这是本老书，但以新书的面目面市。这两年市面上好书不多，还出了些"说不"的破烂。相比之下我宁愿说说不新的《万历十五年》：旧的好书总比新的烂书好。

黄先生以明朝的万历十五年为横断面，剖开了中国的传统社会，这个社会虽然表面上尊卑有序，实际上是乱糟糟的。书里有这么个例子，有一天北京城里哄传说皇上要午朝了，所有的官员（这可是一大群人）赶紧都赶到城市的中心，挤在一起像个骡马大集，把皇宫的正门堵了个严严实实，但这件事皇上自己都不知道，把他气得要撒癔症。假如哪天早上你推门出去，看到外面楼道上挤满了人，都说是你找来的，但你自己不知道有这么回事，你也要冒火，何况是皇上。他老人家一怒之下罚了大家的俸银——这也没有什么，反正大家都有外快。再比方说，中国当时军队很多，机构重叠，当官的很威武，当兵的也不少，手里也都有家伙，但都是些废物。极少数的倭寇登了陆，就能席卷半个中国。黄先生从政治、经济、军事、文化各个方面来考察，到处都是乱糟糟；偏偏明朝理学盛行，很会摆排场，高调也唱得很好。用儒学的标准来看，万历年间不能说是初级阶段，得说是高级阶段，但国家的事办得却是最不好，要不然也不会被区区几个八旗兵亡掉。由此得出一个结论说，仅靠儒家的思想管理一个国家是不够的，还得有点别的；中国必须从一个靠尊卑有序来管理的国家，过渡到靠数目字来管理的国家。

我不是要和黄先生扳杠，若说中国用数字来管理就会有前途，这个想法未免太过天真——数数谁不会呢？"大跃进"时亩产三十万斤粮，这不是数目字吗？用这种数字来管理，比没有数字更糟，这是因为数字可以是假的，尤其是阿拉伯数字，在后面添起0来太方便，让人看了打怵。万历年间的人不识数吗？既知用原则去管理社会不行，为什么不用数字来管？

黄先生又说，中国儒家的原则本意是善良的，很可以做道德的根基，但在治理国家时，宗旨的善良不能弥补制度的粗疏。这话我相信后半句，不信前半句。我有个例子可以证明它行不通。这例子的主要人物是我的岳母，一个极慈爱的老太太；次要人物是我，我是我丈母娘的女婿，用老话来说，我是她老人家的"半子"——当然不是下围棋时说的半个子，是指半个儿子——她对我有权威，我对她有感情，这是不言而喻的。我家的卫生间没有挂镜子，因为是水泥墙，钉不进钉子。有一天老太太到我们家来，拿来了一面镜子和一根钉子，说道：拿锤子来，你把钉子钉进墙里，把镜子挂上。我一看这钉子，又粗又钝。除非用射钉枪来发射，绝钉不进墙里——实际上这就是这钉子的正确用途。细心考虑了一下，我对岳母解释道：妈，你看这水泥，又硬又脆，差不多和玻璃一样。我呢，您是知道的，不是一支射钉枪，肯定不能把它一下打进墙里，要打很多下，水泥还能不碎吗？结果肯定是把墙凿个坑，钉子也钉不上——我说得够清楚的了罢？老太太听了瞪我一眼道：我给你买了钉子，又这么大老远给你送来，你连试都不试？我当然无话可说。过了一会儿，地上落满了水泥碎块，墙上出现了很多浅坑。老太太满意了，说道：不钉了，去吃饭。结果是我家浴室的墙就此变了麻子，成了感情和权威的牺牲品。过些时候，遇到我的大舅子，才知道他家卫生间也是水泥墙，上面也有很多坑，也是用钝钉子钉出来的；他不愿毁坏自己的墙，但更不愿伤害老太太的感情。按儒家的标准，我岳母对待我们符合仁的要求，我们对待我岳母也符合仁的标准，结果在墙上打了些窟窿。假设她连我的PC机也管起来，这东西肯定是在破烂市上也卖不出去，我连吃饭的家伙都没有了。善良要建立在真实的基础上，所以让我去选择道德的根基，我愿选实事求是。

我说《万历十五年》是本好书，但又这样鸡蛋里挑骨头式地找它的毛病，这是因为此书不会因我的歪批而贬值，它的好处是显而易见的。它是一面镜子，照见了我们的前辈——古时候的读书人，或者叫作儒生们——是怎样做人做事的。古往今来的读书人，从经典里学到了一些粗浅的原则，觉得自己懂了春秋大义，站出来管理国家，妄断天下的是非曲直，结果把一切都管得一团糟。大明帝国是他们交的学费，大清帝国又是他们交的学费。老百姓说：罐子里养王八，养也养不大。儒学的罐子里长不出现代国家来。万历十五年是今日之鉴，尤其是人文知识分子之鉴，我希望他们读过此书之后，收拾起胸中的狂妄之气，在书斋里发现粗浅原则的热情会有所降低，把这些原则套在国家头上的热情也会降低。少了一些造罐子的，大家的日子就会好过了。

* 载于1997年第5期《华人文化世界》杂志。

《血统》序

艾晓明请我给她的新作写序——像这样的事求到我这无名之辈头上,我想她是找对了人。我比艾君稍大一些,"文化革命"开始的时候是个中学生。我的出身当时也不大好,所以我对她说到的事也有点体验。我记得"文化革命"刚开始时,到处都在唱那支歌——老子英雄儿好汉,老子反动儿混蛋——与此同时,我的一些同学穿上了绿军装,腰里束上了大皮带,站在校门口,问每个想进来的人:"你什么出身?"假如回答不是红五类之一,他就从牙缝里冒出一句:"狗崽子!"他们还干了很多更加恶劣的事,但是我不喜欢揭别人的疮疤,而且那些事也离题了。

我说的这件事很快就过去了。我的这些同学后来和我一起去插队,共过患难以后,有些成了很好的朋友,但是我始终以为他们那时的行为很坏。"文化革命"是件忽然发生的事,谁也没有预料到,谁也不可能事先考虑遇到这样的事我该怎么做人。我的这些同学也是忽然之间变成了人上人——平心而论，这是应该祝贺的，但这却不能成为欺压别人的理由。把"狗崽子"三个字从朝夕相处的同学嘴里逼出来，你又于心何忍。我这样说，并不等于假如当年我是红五类的话，就不会去干欺压别人的事。事实上一筐烂桃里挑不出几个好的来，我也不比别人好。当年我们十四五岁，这就是说，从出世到十四岁，我们没学到什么好。

我在北方一个村里插队时（当时我是二十二岁），看到村里有几个阴郁的年轻人，穿着比较干净，工作也比较勤奋，就想和他们结交。但是村里人劝我别这么做，因为他们是地主。农村的情况和城里不一样，出身是什么，成分也是什么。故而地主的儿子是地主，地主的孙子也是地主，子子孙孙不能改变。因为这个原因，地主的儿子总是找不到老婆。我们村里的男地主（他们的父亲和祖父曾经拥有土地）都在打光棍，而女地主都嫁给了贫下中农以求子女能改变成分。我在村里看到，地主家的自留地种得比较好，房子盖得也比较好。这是因为他们只能靠自己，不能指望上面救济。据说在"文化革命"前，地主家的孩子学习成绩总是比贫下中农出色，因为他们除了升学离开农村外，别无出路。这一点说来不足为奇，因为在中世纪的欧洲，犹太人在商业方面也总是比较出色。但是在"文化革命"里，升学又不凭学习成绩，所以黑五类就变得绝无希望。我所见到的地主就是这样的。假如我宣扬我的所见所闻，就有可能遇到遇罗克先生的遭遇——被枪毙掉，所以我没有宣扬它。现在中国农村已经没有地主富农这些成分了，一律改称社员。这样当然是好多了。

到了我考大学那一年（当时我已经二十六岁），有一天从教育部门口经过，看到有一些年轻人在请愿。当时虽然上大学不大看出身了，但还是有些出身坏到家的人，虽然本人成绩很好，也上不了大学。后来这些人经过斗争，终于进了大学。其中有一位还成了我的同班同学。这位同学的出身其实并不坏，父母都是共产党的老干部。他母亲在"文化革命"里不堪凌辱，自杀了。从党的立场来看，我的同学应当得到同情和优待，但是没有。人家说，他母亲为什么死还没有查清。等到查清了（这已是大学快毕业的事了），他得到一笔抚恤金，也就是几百块钱罢，据我所知，我的同学并不为此感激涕零。

以上所述，就是我对出身、血统这件事的零碎回忆。也许有助于说明"血统"是怎样的一回事。总起来说，我以为人生在世应当努力，应该善良，而血统这种说法对于培养这些优良品质毫无帮助。除此之外，血统这件事还特别的荒唐。但是，现实，尤其是历史与我怎样想毫无关系。因此就有了这样的事：在"文化革命"里，艾君这样一个正在上小学的女孩子，她的命运和她的外祖父——一位国民革命的元勋（但是这一点在当时颇有争议），她的父亲——一位前国民党军队的炮兵军官，紧密地联系在一起了。这本书就在讲这些事——艾君当时是怎样一个人，她的外祖父，她的父母又是怎样的人。拿破仑曾说:世间各种书中,我独爱以血写成者。假如你是拿破仑这样的读者,就会喜欢这本书。

* 收录于花城出版社 1994 年版《血统》,艾晓明著。

海明威的《老人与海》

老人驾着船去出海，带回来的却是一副大得不可思议的鱼骨。在海明威的《老人与海》中，我读到了一个英雄的故事。

在这本书里，只有一个简单到不能再简单的故事和纯洁到如同两滴清水的人物。然而，它却那么清楚而有力地揭示出人性中强悍的一面。在我看来，再没有什么故事能比这样的故事更动人，再没有什么搏斗能比这样的搏斗更壮丽了。

我不相信人会有所谓"命运"，但是我相信对于任何人来说，"限度"总是存在的。再聪明再强悍的人，能够做到的事情也是有限度的。老人桑地亚哥不是无能之辈，然而，尽管他是最好的渔夫，也不能让那些鱼来上他的钩。他遇到他的限度了，就像最好的农民遇上了大旱，最好的猎手久久碰不到猎物一般。每一个人都会遇到这样的限度，仿佛是命运在向你发出停止前行的命令。

可是老人没有沮丧，没有倦怠，他继续出海，向限度挑战。

他终于钓到了一条鱼。如同那老人是人中的英雄一样,这条鱼也是鱼中的英雄。鱼把他拖到海上去,把他拖到远离陆地的地方,在海上与老人决战。在这场鱼与人的恶战中,鱼也有获胜的机会。鱼在水下坚持了几天几夜,使老人不能休息,穷于应付,它用苦刑来折磨他,把他弄得双手血肉模糊。这时,只要老人割断钓绳,就能使自己摆脱困境,得到解放,但这也就意味着宣告自己是失败者。老人没有做这样的选择,甚至没有产生过放弃战斗的念头。他把那大鱼当作一个可与之交战的敌手,一次又一次地做着限度之外的战斗,他战胜了。

老人载着他的鱼回家去,鲨鱼在路上抢劫他的猎物。他杀死了一条来袭的鲨鱼,但是折断了他的渔叉。于是他用刀子绑在棍子上做武器。到刀子又折断的时候,似乎这场战斗已经结束了。他失去了继续战斗的武器,他又遇到了他的限度。这时,他又进行了限度之外的战斗:当夜幕降临,更多的鲨鱼包围了他的小船,他用木棍、用桨,甚至用舵和鲨鱼搏斗,直到他要保卫的东西失去了保卫的价值,直到这场搏斗已经变得毫无意义的时候他才住手。

老人回到岸边,只带回了一条白骨,只带回了残破不堪的小船和耗尽了精力的躯体。人们怎样看待这场斗争呢?

有人说老人桑地亚哥是一个失败了的英雄。尽管他是条硬汉,但还是失败了。

什么叫失败？也许可以说，人去做一件事情，没有达到预期的目的，这就是失败。

但是，那些与命运斗争的人，那些做接近自己限度的斗争的人，却天生地接近这种失败。老人到海上去，不能期望天天有鱼来咬他的钩，于是他常常失败。一个常常在进行着接近自己限度的斗争的人总是会常常失败的，一个想探索自然奥秘的人也常常会失败，一个想改革社会的人更是会常常失败。只有那些安于自己限度之内的生活的人才总是"胜利"，这种"胜利者"之所以常胜不败，只是因为他的对手是早已降伏的，或者说，他根本没有投入斗争。

在人生的道路上，"失败"这个词还有另外的含义，即是指人失去了继续斗争的信心，放下了手中的武器。人类向限度屈服，这才是真正的失败。而没有放下手中武器，还在继续斗争，继续向限度挑战的人并没有失败。如此看来，老人没有失败。老人从未放下武器，只不过是丧失了武器。老人没有失去信心，因此不应当说他是"失败了的英雄"。

那么，什么也没有得到的老人竟是胜利的么？我确是这样看的。我认为，胜利就是战斗到最后的时刻。老人总怀着无比的勇气走向莫测的大海，他的信心是不可战胜的。

他和其他很多人一样，是强悍的人类的一员。我喜欢这样的人，也喜欢这样的人性。我发现，人们常常把这样的事情当作人性最可贵的表露：七尺男子汉坐在厨房里和三姑六婆磨嘴皮子，或者衣装笔挺的男女们坐在海滨，谈论着高尚的、别人不能理解的感情。我不喜欢人们像这样沉溺在人性软弱的部分之中，更不喜欢人们总是这样描写人性。

正像老人每天走向大海一样，很多人每天也走向与他们的限度斗争的战场，仿佛他们要与命运一比高低似的。他们是人中的强者。

人类本身也有自己的限度，但是当人们一再把手伸到限度之外，这个限度就一天一天地扩大了。人类在与限度的斗争中成长。他们把飞船送上太空，他们也用简陋的渔具在加勒比海捕捉巨大的马林鱼。这些事情是同样伟大的。做这样不可思议的事情的人都是英雄。而那些永远不肯或不能越出自己限度的人是平庸的人。

在人类前进的道路上，强者与弱者的命运是不同的。弱者不羡慕强者的命运，强者也讨厌弱者的命运。强者带有人性中强悍的一面，弱者带有人性中软弱的一面。强者为弱者开辟道路，但是强者往往为弱者所奴役，就像老人是为大腹便便的游客打鱼一样。

《老人与海》讲了一个老渔夫的故事，但是在这个故事里却揭示了人类共同的命运。我佩服老人的勇气，佩服他不屈不挠的斗争精神，也佩服海明威。

* 载于1981年第1期《读书》杂志，题为"我喜欢这个向'限度'挑战的强者"，署名晓波。

萧伯纳的《巴巴拉少校》

萧伯纳的剧作《巴巴拉少校》是萧翁的精彩之作,新中国出的两种萧伯纳戏剧集都收了。如果哪个热爱文学的人没有读过,实为一大憾事。青年人一般爱读小说不爱读剧本,我也如此,但是萧伯纳的剧本与众不同,不可不读。

《巴巴拉少校》剧情不算复杂,讲的是本世纪初一个军火大王安德谢夫如何解决他的继承人问题的故事。一般来说,军火大王名声不好,安德谢夫的名声尤其糟糕。资本家做缺德事时总要标榜些礼义廉耻,可是安德谢夫却言行如一,他自称"绝不要脸",弄得声名狼籍。他的妻子薄丽夫人有心让儿女斯泰芬和巴巴拉继承他的生意,可是斯泰芬受过良好的教育,是个上流人,讨厌他爹的那股下流气。巴巴拉的问题更复杂:她加入了救世军,诚心诚意地爱上了救灵魂的事业,干脆把她爹看成个混世魔王。而安德谢夫本人恰恰是反对儿女继承祖业的:安德谢夫一家世世代代都不由亲生儿女继承,而是从大街上拾个弃儿当继承人,这一位安德谢夫也是这么想。安德谢夫并不是拘泥于这个古怪传统,而是要挑一个没受过正统教育毒害的人。其实受过正统教育与否还在其次,主要是要找个像他一样不要脸的人。他对斯泰芬评价甚低,但是却喜欢巴巴拉。为此他收买了救世军,揭露了救灵魂的虚伪,又邀请巴巴拉和大家一起到他厂里去参观。混世魔王的工厂精彩无比,连斯泰芬都倾心不已。这时忽然巴巴拉的情人柯森斯教授异军突起,跳出来宣称自己是个弃儿,通过了"绝不要脸"的考试,被安德谢夫接受为继承人。

全剧不但妙趣横生,而且蕴涵着丰富的思想内容。其中最有力的一笔是剧中人围绕"明辨是非"问题发生的戏剧性冲突,读来耐人寻味。

第三幕。薄丽夫人要安德谢夫接受斯泰芬为继承人,可是斯泰芬坚决不肯接受这个肮脏的造大炮的生意。安德谢夫很高兴。他打算给儿子找个好职业作为补偿。他向斯泰芬建议了下列职业:文学艺术、哲学、陆海军、宗教、律师、戏剧,斯泰芬声称一概干不来。安德谢夫只好问他的儿子:"你能说说你长于什么或是爱好什么吗?"

> 斯泰芬:(起立,目不转睛地瞅着他)我会明辨是非。
> 安德谢夫:真的吗?怎么!没有做买卖的才能,对于艺

术无兴趣，不敢碰哲学，却知道辨别是非的秘诀！这是考倒一切哲学家、难坏一切律师、搞昏一切商人、毁灭大多艺术家的一个问题呀！哎，先生，您真是个天才，圣人中的圣人，人间的天神！而且年纪只有二十四岁！

接下去安德谢夫又说："拿救世军那个可怜的小姑娘珍妮·希尔来说罢。你要是叫她站在大街上讲文法、讲地理、讲算术，甚至叫她讲交际舞，她都会认为你是开她的玩笑！可是她决不怀疑她能够讲道德问题、讲宗教问题。……"

真的，论起明辨是非，儿童仿佛比成人强，无知的人仿佛比聪明人强。这真是个有趣的现象。问题的关键就在于接受一个伦理的（或宗教的）体系比接受一个真理的（或科学的）体系要容易得多。一个伦理的体系能告诉人们什么是对，什么是错，简单明了。人们能够凭良心、凭情感来明辨是非。斯泰芬可以指出造大炮是残忍的，可以指出做买卖斤斤计较是下流的，世界在他那里是无比简单的，是非都写在每件东西上，写在每一个人脸上。世界上绝不存在一个能把他难倒的难题。

说来惭愧，十几岁的时候我也是斯泰芬一流的人物。那时我也会明辨是非，我甚至能说出：光明是好的，黑暗是坏的；左边是好的，右边是坏的；东边是好的，西边是坏的；等等。所差的是斯泰芬能说出下列一些话来。

斯泰芬：您不知您那一套有多可笑，……（您就没）上那些尚有古风、不屑与时代为伍的中学和大学去看看，我的思想方法都是在这两个学校养成的。所以您觉着统治英国的是金钱，却也难怪，可是您总得承认，这问题我比您知道得更多。

安德谢夫：那么统治英国的是什么呢？

斯：品质，爸爸，品质。

安：谁的品质？你的还是我的？

斯：既不是你的，也不是我的，而是英国民族一切最优的品质的结晶。

这里，我们需要研究一下，斯泰芬的品质是怎么来的。这些品质是他过的那种生活的产物，教育只是其中一个侧面而已，他什么也不要想，什么也不用记，只要过这种生活，品质就自然地形成啦。也可以说，这种品质不是知识，不是学问，只是一种情绪罢了。

凭着这种情绪，我们不难把世界上的一切分为好和坏两大类，不难"明辨是非"，但却不能做成任何一件事情。看到这儿真让人为安德谢夫捏把冷汗，不知他能给他儿子找个什么事做。可是他居然找到了。

噢！正合他自己要干的那一行。他什么也不懂，而自以为什么都懂，就凭这一点，到政界准能飞黄腾达。……

让我们回到关于"明辨是非"问题上去。"明辨是非"并非毫无必要，但是如果以为学会了"明辨是非"就有了什么能力那就大错特错了。我们学会了把世上一切事物分成好的和坏的以后，对世界的了解还是非常非常可怜的。我们还要继续学习一切是如何发生、如何变化的。这些知识会冲击我们过去形成的是非标准，这时我们就面临一个重大抉择，是接受事实，还是坚持旧有的价值观念？事实上有很多这样的人：他们"明辨是非"的能力却成了接触世界与了解世界的障碍，结果是终身停留在只会"明辨是非"的水平上。可以这样说，接受了一个伦理的体系不过达到了小学四年级的水平，而接受一个真理的体系就难得多，人们毕生都在学习科学，接触社会。人们知道得越多，明辨是非就越困难。

在一个伦理的体系之中，人们学会了把事物分成好的与坏的、对的与错的、应该发生的和不应该发生的，这样的是非标准对我们了解世界是有不良影响的。科学则指出事物存在和不存在、发生和不发生，这些事实常常与那些道德标准冲突。不该发生的事情发生了，如果我们承认它，就成了精神上的失败者。如果我们不承认它，那么我们就失去了一个认识世界的机会。事实上很多人为了这种精神上的胜利，就被永远隔绝在现实世界之外。在萧伯纳的戏剧中，这样的人物多得是。斯泰芬、巴巴拉、《英国佬的另一个岛》中的娜拉等人都是。还有另一种人物：他们信奉一套道德标准，在行动中却绝不遵守它。他们可以正确地认识世界，但是又不和旧有的信念冲突。他们保存了这个矛盾不去解决，结果活得很好。如薄丽夫人，《英国佬的另一个岛》中的博饶本。第三种人就是安德谢夫，他把这个矛盾解决啦。他干脆不去明辨是非，只信奉"绝不要脸"的信条，结果在那个社会非常成功。

在我们看来，安德谢夫是个十恶不赦的坏蛋，他残酷地剥削和欺骗劳动人民。但是他在那个社会中取得了巨大的成功，又说明他有他的高明之处。比之那些糊涂的"善良人"，他是一个头脑清楚的坏蛋。一个坏蛋清楚的头脑中，真理的成分要比善良的糊涂人多一些。然而坏蛋终究是坏蛋。这一点提示我们，"明辨是非"的伦理体系并非毫无用处，我只是说，它不是接近真理的方法。萧伯纳在其戏剧之中，把这一点表达得淋漓尽致。

掩卷:《鱼王》读后

翻开阿斯塔菲耶夫的《鱼王》,就听到他沉重的叹息。北国的莽原简直是一个谜。黑色的森林直铺到更空旷的冻土荒原,这是一个谜。河流向北方流去,不知所终,这是同一个谜。一个人向森林走去,不知道为什么,这也是同一个谜。河边上有一座巨石,水下的沉木千年不腐,这还是同一个谜。空旷、孤寂、白色的冰雪世界令人神往,这就是那个谜。

这样的谜不仅在北方存在,当年高更脱下文明的外衣,走进一张热带的风情画。热风、棕色的土著人、密集的草木也许更令人神往。生命是从湿热里造出来的。也许留在南方更靠近生命的本源?高更也许已经走到了谜底?我们从他的画上看到星光涂蓝了的躯体,看到黑色里诡谲的火,看到热带人神秘的舞蹈,也许这就是他发出的信息?但是这信息对我们来说太隔膜了。提到高更,我又想起《月亮与六便士》,毛姆和阿斯塔菲耶夫一样,感觉到未知世界的魅力，而且发出了起跑线上的叹息。可惜他没有足够的悟性与勇气，像高更一样深入那个世界，但是毛姆毕竟指出了那条界线，比阿斯塔菲耶夫又强了一些。

但是《鱼王》毕竟是本了不起的书。除了给评论家提供素材，它还指出：冷与热有同等的魅力，离群索居与过原始生活有同等的魅力，空旷无际与密集生长有同等的魅力。如汤因比所云，我们生活在阳的时期。在史前阴的时期，人类散居于地球上，据有空间，也向空间学习；杀戮生命，也向生命学习。如今我们拥挤在一起，周围的生命除了人，就是可食的肉类。也许这真的值得惋惜。

道德

正如评论家所指出的，《鱼王》是一部道德文章（我认为它不只是道德文章）。在"道德小说"中，作家进行道德思辨，又对人物进行道德评判，虽然我喜欢《鱼王》，但我必须承认，其中的道德思辨叫我头疼。

在阿斯塔菲耶夫笔下，他所钟爱的西伯利亚的自然环境，隐隐具有上帝的雏形。这种信仰值得赞美，可惜有时达到偏执的程度，作者对从其他地方来到西伯利亚，又不知爱惜自然环境的"城里人"，有一份不合情理的仇恨，于是字里行间透出讨伐异教徒的意思来。

人

在道德文章里，作家对人做价值判断。这种价值判断是颂扬的工具，也是杀戮的工具。作家给正义者戴上花环，还把不义者送上道德的刑台，凌迟处死，以恣快意。在行使这种特权时，很少有作家不暴露出人性中卑劣的一面。在实际生活中，人们处死一个人，还给他申辩与忏悔的机会，而道德作家宣布一个人的死刑，则往往不容他申辩，只是剥夺他一切优点，夸大一切缺点，把他置于禽兽不如的地位。

《鱼王》虽然被评论家列入道德文章一类，却没有太凌厉的杀气。在厚厚一本书里，作家只活剐了一个叫戈加·盖尔采夫的，杀法也算不得毒辣。而对盗鱼人柯曼采夫之流，作者只是大加鞭挞，没有举起屠刀，这在前苏联作家中尤为难能可贵。阿斯塔菲耶夫几乎具有真正大作家必不可少的悲天悯人的气概。

精彩段落

全书最精彩的一章，是"鱼王"一章。盗鱼贼伊格纳齐依奇在江上下了排钩（对于鱼儿来说，这是相当于化骨绵掌的阴毒手段），钩中了鱼王。在收钩时，伊格纳齐依奇（这个恶棍）不小心也纠缠到排钩里，被拉下水去，处于求生不得求死不能的境地。这时该恶棍回想起平生所做的恶事，想到其中最卑劣的一件事是凌辱了爱他的姑娘：

> 他让那唯命是从的姑娘站在陡峭的河岸上，让她转过脸去对着河滩，拉下她身上的厚绒裤，裤子上粗针疏线缝着颜色杂乱的扣子，就是扣子给他的印象比什么都深。

我们也能想象到那条绒裤和那些扣子，这里深藏着多少辛酸！作家的仁厚之处在于叫该恶棍也感到了这份辛酸。虽然他还是把姑娘踢下水去了，但是在最后的时刻，他又想起这些事情，承担了自己的罪孽：

> 你就让这个女人摆脱掉你，摆脱掉你犯下的永世难饶的罪过罢！在此之前你要承受全部苦难，为了自己，也为了天地间那些此时此刻尚在作践妇女、糟蹋她们的人。

对于做过的恶事，不是靠请求对方原谅来解脱，也不归于忘却，而是自己来承担良心的谴责，这是何等坦荡的态度！这种良知出现在该恶棍身上，又是那样的合乎情理。所以我们可以说：江上的排钩不是道德法庭的判决，而是人性演出的舞台，这两者在文学上的分量，真不可同日而语。

沉重的段落

全书中最夹缠不清的段落，要算"黑羽翻飞"这一章开头所写的一群城里人下乡去偷鱼，然后又写当地人有一年为了挣钱，打死了很多的鸟儿。作者用卑劣行为之类的字眼形容这类行为，而对当地人的偷鱼和打死少量的鸟儿采取宽容的态度。细查作者的逻辑，似乎仅仅为了糊口的杀戮是可以的，而为了贪欲的杀戮是不可以的。这就让人想起朱熹对"饮食男女人之大欲存焉"和"存天理、灭人欲"的调和处理：人要吃饭，是为天理；人要美食，是为人欲。这种议论简直贻人以笑柄。

内容·风格·整体结构

从内容来说，《鱼王》是一本了不起的书，包括了很多优点。一本书只要有足够的优点，就是一本好书，《鱼王》当然是一本好书。但是它也有很多缺点，有些甚至很突出。

作者同时擅长抒情和道德议论两种风格，这是很好的，但是不分章节、不分段落地写在同一本书里，我认为这不能算一个优点。我甚至认为这是作者思维不清晰的表现，当然这是有待商榷的说法。

《鱼王》虽然被称为长篇小说，实质上是集长篇小说、中篇小说、抒情散文、道德议论于一体的东西。其优点是容量非常之大，劣点是结构荡然无存。当然，只要你把一批内容汇编成集，装订成书，它自然就有了一个结构，但我说的不是这一种意义上的结构。我要说的是"条理明晰""层次分明"一类的东西。这本书在局部不缺少这种结构，但在整体上是根本没有的。在此提出一个设想，请熟读《鱼王》的读者思考：假如全书纯以阿基姆的经历为线索，砍去若干章节（"黑羽翻飞"），是不是能够组织得更好一点？

掩卷之后

掩卷之后的议论不局限于《鱼王》，但是仍由《鱼王》而起。从初读《鱼王》到这次再读《鱼王》，已经有六年左右，我对它的兴趣并未减退，这样的书并不多，拿破仑曾云：世间各种书中，我独爱以血写成者。此话颇有道理。

用我的话来说，世间一切书中，我偏爱经过一番搏斗才写成者，哪怕是小说（虚构类）也不例外。这种书的出现，是作家对自己的胜利，是后辈作家对先辈作家的胜利，是新出的书对已有的书的胜利。

这种胜利不能靠花拳绣腿得来，也不能靠诡异的招数、靠武林秘籍、靠插科打诨得到，而是不折不扣地比拼内力。《鱼王》的魅力在于作家诚实的做人态度，对写作一道的敬业精神，抒情时的真诚，思辨时的艰苦，而不在于他使用了"象征主义、自然主义、意识流一类方法"（评论家语），所以我把它列入了不可多得的好书之列。

卡尔维诺与未来的一千年

朋友寄来一本书，卡尔维诺的《未来千年备忘录》，我正在看着。这本书是他的讲演稿，还没来得及讲，稿也没写完，人就死了。这些讲演稿分别冠以如下题目：轻逸、迅速、易见、确切和繁复。还有一篇"连贯"，没有动笔写，所以我整天在捉摸他到底会写些什么，什么叫作"连贯"。卡尔维诺指出，在未来的一千年里，文学会继续繁荣，而这六项文学遗产也会被发扬光大。我一直喜欢卡尔维诺，看了这本书，就更加喜欢他了。

卡尔维诺的《我们的祖先》，看过的人都喜欢。这是他年轻时的作品，我以为这本书是"轻逸"的典范。中年以后，他开始探索小说艺术的无限可能，这时期的作品我看过《看不见的城市》——这本书不见得人人都会喜欢。我也不能强求大家喜欢他的每一本书，但是我觉得必须喜欢他的主意：小说艺术有无限种可能性。难道这不好吗？前不久有位朋友看了我的小说，对我说道：看来小说还能有新的写法——这种评价使我汗颜：我还没有探索无限，比卡尔维诺差得远。我觉得这位朋友的想法有问题——假如他不是学文学的博士而是个一般读者的话，那就没有问题了。

编辑先生邀我给名人茶座写个小稿，我竟扯到了卡尔维诺和文学遗产，这可不是茶座里的谈资。说实在的，我也不知道什么可以在茶座里闲扯的事。我既不养猫，也不养狗，更没有汽车。别人弄猫弄狗的时候，我或则在鼓捣电脑，或则想点文学上的事——假如你想听听电脑，我可以说，现在在中关村花二百五十块钱可以买到八兆内存条，便宜死了……我想这更不是茶座里的谈资。可能我也会养猫养狗，再买辆汽车，给自己找点罪受——顺便说一句，我觉得汽车的价格很无耻。一辆韩国低档车卖三几十万，全世界都没听说过。至于猫啊狗啊，我觉得是食物一类。我吃掉过一只猫、五只狗，是二十多年前吃的。从爱猫爱狗者的角度来看，我是个"啃你饱"（cannibal = 食人族）。所以，我也只能谈谈卡尔维诺……

卡尔维诺的《看不见的城市》是这么个故事：马可·波罗站在蒙古大汗面前，讲述他东来旅途中所见到的城市，每一座城市都是种象征，而且全都清晰可见。看完那本书我做了一夜的梦，只见一座座城市就如奇形怪状的孔明灯浮在一片虚空之中。一般的文学读者会说，好了，城市我看到了，讲这座城里的故事罢——

对卡尔维诺那个无所不能的头脑来说，讲个故事又有何难。但他一个故事都没讲，还在列举着新的城市，极尽确切之能事一直到全书结束也没列举完。我大体上明白卡尔维诺想要做的事：对一个作者来说，他想要拥有一切文学素质：完备的轻逸、迅速、易见、确切和繁复，再加上连贯。等这些都有了以后，写出来的书肯定好看，可以满足一切文学读者。很不幸的是，这好像不大容易，但必须一试——这是为了保证读者在未来的一千年里有书看。我想这题目也没人会感兴趣——但是没办法，我就知道这些。

艺术与关怀弱势群体

前不久在《中华读书报》上看到一篇文章，作者在北大听戴锦华教授的课，听到戴教授盛赞林白的《一个人的战争》，就发问道：假如你有女儿，想不想让她看这本书？戴教授答曰：否。于是作者以为自己抓到了理，得意洋洋地写了那篇文章。读那篇文章时，我就觉得这是一片歪理，因为同样的话也可以去问谢晋导演。谢导的儿子是低智人，笔者的意思不是对谢导不敬，而是说：假如谢导持有上述文章作者的想法，拍电影总以儿子能看为准，中国的电影观众就要吃点苦头。大江健三郎也有个低智儿子，若他写文章以自己的儿子能看为准绳，那就是对读者的不敬。但我当时没有作文反驳，因为有点吃不准，不知戴教授有多大。倘若她是七十岁的老人，儿女就当是我的年龄，有一本书我都不宜看，那恐怕没有什么人宜看。昨天在一酒会上见到戴教授，发现她和我岁数相仿，有儿女也是小孩子，所以我对自己更有把握了。因为该文作者的文艺观乃是以小孩子为准绳，可以反驳他（或者她）的谬见。很不幸的是，我把原文作者的名字忘了，在此申明，不是记得有意不提。

任何社会里都有弱势群体，比方说，小孩子、低智人——顺便说一句，孩子本非弱势，但在父母心中就弱势得很。以笔者为例，是一绝顶聪明的雄壮大汉，我妈称呼我时却总要冠个傻字——社会对弱势人群当有同情之心。文明国家各种福利事业，都是为此而设。但我总觉得，科学、艺术不属福利事业，不应以关怀弱势群体为主旨。这样关怀下去没个底。就以弱智人为例，我小时候邻居有位弱智人，喜欢以屎在墙上涂抹，然后津津有味地欣赏这些图案。如果艺术的主旨是关怀弱势群体，恐怕大家都得去看屎画的图案。倘若科学的主旨是关怀弱势群体，恐怕大家都得变成蜣螂一类——我对这种前景深为忧虑。最近应朋友之邀，作起了影视评论，看了一些国产影视剧，发现这种前景就在眼前，再看到上述文章，就更感忧虑。以不才之愚见，我国的文学工作者过于关怀弱势群体，与此同时，自己正在变成一个奇特的弱势群体——起码是比观众、读者为弱。戴锦华教授很例外地不在其中，难怪有人看她不顺眼。笔者在北大教过书，知道该校有个传统：教室的门是敞开的，谁都可以听。这是最美好的传统，体现了对弱势群体的关怀。但不该是谁都可以提问。罗素先生曾言，人人理应平等，但实际上做不到，其中最特殊的就是知识的领域……要在北大提问，修养总该大体上能过得去才好。

说完了忧虑，可以转入正题。我以为科学和艺术的正途不仅不是去关怀弱势群体，而且应当去冒犯强势群体。使最强的人都感到受了冒犯，那才叫作成就。以爱因斯坦为例，发表相对论就是冒犯所有在世的物理学家；他做得很对。艺术家也当如此，我们才有望看到好文章。以笔者为例，杜拉斯的《情人》、卡尔维诺的《我们的祖先》，还有许多书都使我深感被冒犯，总觉得这样的好东西该是我写出来的才对。我一直憋着用同样的冒犯去回敬这些人——只可惜卡尔维诺死了。如你所见，笔者犯着眼高手低的毛病。不过我也有点好处：起码我能容下林白的《一个人的战争》。

* 载于1996年2月28日《中华读书报》。

盖茨的紧身衣

比尔·盖茨在《未来之路》一书里写道：随着现代信息技术的发展，工程师已有能力营造真实的感觉。他们可以给人戴上显示彩色图像的眼镜，再给你戴上立体声耳机，你的所见所闻都由计算机来控制。只要软硬件都过硬，人分不出电子音像和真声真像的区别。可能现在的软硬件还称不上过硬，尚做不到这一点，但过去二十年里，技术的进步是惊人的，所以对这一天的到来，一定要有心理准备。

光看到和听到还不算身历其境，还要模拟身体的感觉。盖茨先生想出一种东西，叫作VR紧身衣，这是一种机电设备，像一件衣服，内表面上有很多伸缩的触头，用电脑来控制，这样就可以模仿人的触觉。照他的说法，只要有二十五万到三十万个触点，就可以完全模拟人全身的触感——从电脑技术的角度来说，控制这些触头简直是小儿科。有了这身衣服，一切都大不一样。比方说，电脑向你输出一阵风，你不但可以看到风吹杨柳，听到风过树梢，还可以感到风从脸上流过——假如电脑输出的是美人，那就不仅是她的音容笑貌，还有她的发丝从你面颊上滑过——这是友好的美人，假如不友好，来的就是大耳刮子——VR紧身衣的概念就是如此。作为学食品科技的人，我觉得还该有个面罩连着一些香水瓶，由电脑控制的阀门决定你该闻到什么气味，但假若你患有鼻炎，就会觉得面罩没有必要。总而言之，VR紧身衣的概念就是如此。估计要不了二十年，科学就能把它造出来，而且让它很便宜，像今天的电子游戏机一样，在街上出售；穿上它就能前往另一个世界，假如软件丰富，想上哪儿就能上哪儿，想遇上谁就能遇上谁，想干啥就能干啥，而且不花什么代价——顶多出点软件钱。到了那一天，不知人们还有没有心思阅读文本，甚至识不识字都不一定。我靠写作为生，现在该做出何种决定呢？

大概是在六七十年代罢，法国有些小说家就这样提出问题：在电影时代，小说应该怎么写？该看到的电影都演出来了，该听到的广播也播出来了。托尔斯泰在《战争与和平》里花几十页写出的东西，用宽银幕电影几个镜头就能解决。还照经典作家的写法，没有人爱看，顶多给电影提供脚本——如我们所知，这叫生产初级产品，在现代社会里地位很低。在那时，电影电视就像比尔·盖茨的紧身衣，对艺术家来说，是天大的灾难。有人提出，小说应该向诗歌的方向发展。还有人说，小说该着重去写人内心的感受。这样就有了法国的新小说。还有人除了写小说,还去搞搞电影,比如已故的玛格丽特·杜拉斯。我对这些作品很感兴趣,但凭良心说,除杜拉斯的《情人》之外,近十几年来没读到过什么令人满意的小说。有人也许会提出最近风靡一时的《廊桥遗梦》,但我以为,那不过是一部文字化的电影。假如把它编成软件,钻到比尔·盖茨的紧身衣里去享受,会更过瘾一些。相比之下,我宁愿要一本五迷三道的法国新小说,也不要一部《廊桥遗梦》,这是因为,从小说自身的前途来看,写出这种东西解决不了问题。

真正的小说家不会喜欢把小说写得像电影。我记得米兰·昆德拉说过,小说和音乐是同质的东西。我讨厌这个说法,因为好像这世界上没有了音乐,就说不出小说该像什么了;但也不能不承认,这种说法有些道理。小说该写人内在的感觉,这是没有疑问的。但仅此还不够,还要使这些感觉组成韵律。音乐有种连贯的、使人神往的东西,小说也该有。既然难以言状,就叫它韵律好了。

本文的目的是要纪念已故的杜拉斯,谈谈她的小说《情人》,谁知扯得这样远——现在可以进入主题。我喜欢过不少小说,比方说,乔治·奥威尔的《一九八四》,还有些别的书。但这些小说对我的意义都不能和《情人》相比。《一九八四》这样的书对我有帮助,是帮我解决人生中的一些疑惑,而《情人》解决的是有关小说自身的疑惑。这本书的绝顶美好之处在于,它写出一种人生的韵律。书中的性爱和生活中别的事件,都按一种韵律来组织，使我完全满意了。就如达·芬奇画出了他的杰作，别人不肯看，那是别人的错，不是达·芬奇的错；米盖朗奇罗雕出了他的杰作，别人不肯看，那是别人的错，不是米盖朗奇罗的错。现代小说有这样的杰作，人若不肯看小说，那是人的错，不是小说的错。杜拉斯写过《华北情人》后说，我最终还原成小说家了。这就是说，只有书写文本能使她获得叙事艺术的精髓。这个结论使我满意，既不羡慕电影的镜头，也不羡慕比尔·盖茨的紧身衣。

* 载于1996年5月29日《中华读书报》，题为"小说和盖茨的紧身衣"。

我对国产片的看法

我很少出去看电影。近来在电影院看过的国产片子，大概只有《红粉》。在《红粉》这部片子里，一个嫖客、两个妓女，生离死别，演出多少悲壮的故事，看了让人起鸡皮疙瘩。由此回想起十多年前看过的一部国产片《庐山恋》，男女主人公在庐山上谈恋爱，狂呼滥喊："I love my motherland!"有如董存瑞炸碉堡。不知别人怎么看，我的感觉是不够妥当。这种不妥当的片子多得不计其数，恕我不一一列举。

作家纳博科夫曾说，一流的读者不是天生的，他是培养出来的。《庐山恋》还评上了奖，这大概是因为编导对观众的培养之功，但是这样的观众恐怕不能算是一流的。所以我们可以改改纳博科夫的话：三流的影视观众不是天生的，他也是培养出来的。作为欣赏者，我们开头都是二流水平，只有经过了培养，才会特别好或是特别坏。在坏的方面我可以举个例子，最近几年，中央台常演一些历史题材的连续剧,片子一上电视,编导就透过各种媒体说:这部片子的人物、情节、器具、歌舞,我们都是考证过的。我觉得这很没意思。可怪的是,每演这种电视片,报纸上就充满了观众来信,对人物年代做些烦琐考证,我也觉得挺没劲。似乎电视片的编导已经把观众都培养成了考据迷。当然,也有个把漏网之鱼,笔者就是其中之一。但就一般来说,影视的编导就是墨索里尼,总是有理。凭良心说,现在的情况不算坏。"文化革命"里人们只看八个样板戏,也没人说不好。在那些年月里,培养出了一些只会欣赏样板戏的观众。在现在的年月里,也培养了一批只会考证的观众。说到国产片的现状,应该把编导对观众的培养考虑在内。

作为一条漏网之鱼,我对电影电视有些不同的看法:我想从上面欣赏一些叫作艺术的东西。从这个意义上说,国产片的一些编导犯下了双重罪孽:其一,自己不妥当;其二,把观众也培养得不妥当。不过这种情况已经发生了变化:近年来,中国电影也取得了一些成就,有些片子还在国际上得了奖。我认为这些片子是好的,但也有一点疑问:怎么都这么惨咧咧、苦兮兮的?《霸王别姬》里剁下了一根手指头,《红高粱》里扒下了一张人皮。我们国家最好的导演,对人类的身体都充满了仇恨。单个艺术家有什么风格都可以,但说到群体,就该有另一种标准。打个比方来说,我以为英国文学是好的,自莎士比亚以降,名家辈出,内中有位哈代先生,写出的小说惨绝人寰——但他的小说也是好的。倘若英国作家自莎士比亚以降全是哈代的风格，那就该有另一种评价：英国文学是有毛病的。最近《辛德勒名单》大获成功，我听说有位大导演说：这正是我们的戏路！我们也可以拍这种表现民族苦难的片子。以我之见，按照我们的戏路，这种片子是拍不出来的。除非把活做到银幕之外，请影院工作人员扮成日本兵，手擎染血的假刺刀，随着剧情的进展，来捅我们的肚皮。当然，假如上演这样的片子，剧院外面该挂个牌子：为了下一代，孕妇免进。话虽如此说，我仍然以为张艺谋、陈凯歌不同凡响。不同凡响的证明就是：他们征服了外国的观众，而外国的观众还没有经过中国编导的培养。假如中国故事片真正走向了世界，情况还不知是怎样。

莫泊桑曾说，提笔为文，就想到了读者。有些读者说：请让我笑罢。有些读者说：请让我哭罢。有些读者说，请让我感动罢……在中国，有些读者会说，请让我们受教育罢。我举这个例子，当然是想用莫泊桑和读者来比喻影视编导与观众。敏感的读者肯定能发现其中的可笑之处：作品培养了观众的口味，观众的口味再来影响作者，像这样颠过来、倒过去，肯定是很没劲。特别是，假如编导不妥当，就会使观众不妥当；观众又要求编导不妥当，这样下去大家都越来越不妥当。作为前辈大师，莫泊桑当然知道这是个陷阱，所以他不往里面跳。他说：只有少数出类拔萃的读者才会要求，请凭着你的本心，写出真正好的东西来。他就为这些读者而写。我也想做一个出类拔萃的观众，所以也这样要求：请凭着你的本心去拍片——但是，别再扒人皮了，这样下去有点不妥当。对于已经不妥当的编导，就不知说些什么——也许，该说点题外之语。我在影视圈里也有个把朋友，知道拍片子难：上面要审本子审片，这是一；找钱难，这是二。还有三和四，就没必要一一列举，其中肯定有一条：观众水平低。不过，我不知该怪谁。这只是一时一地的困境，而艺术是永恒的。此时此地，讲这些就如疯话一般。但我偏还觉得自己是一本正经的。

* 载于1995年第10期《演艺圈》杂志。

旧片重温

我小时看过的旧片中,有一部对我有特殊意义,是《北国江南》。当时我正上到小学高年级,是学校组织去看的。这是一部农村题材的电影,由秦怡女士主演。我记得她在那部电影里面瞎了眼睛,还记得那部电影惨咧咧的,一点都不好看——当然,这是说电影,不是说秦怡,秦女士一直是很好看的——别的一点都记不得。说实在的,小男孩只爱看打仗的电影,我能在影院里坐到散场,就属难能可贵。这部电影的特殊之处在于:我去看时还没有问题,看过之后就出了问题:阶级斗争问题和路线斗争问题。这种问题我一点都没看出来,说明我的阶级觉悟和路线觉悟都很低。这件事引起了我的警惕,同时也想到,电影不能单单当电影来看,而是要当谜语来猜,谜底就是它问题何在。当然,像这种电影后来还有不少,但这是第一部,所以我牢牢记住了这个片名:《北国江南》。但它实在不对我胃口,所以没有记住内容。

和我同龄的人会记得，电影开始出问题，是在六十年代中期，准确地说，是一九六五年以后。在此之前也出过，比方说，电影《武训传》，但那时我太小。六五年我十三岁，在这个年龄发生的事对我们一生都有影响。现在还有人把电影当谜语猜，说每部片子都有种种毛病。我总是看不出来，也可能我这个人比较鲁钝，但是必须承认，六五年、六六年那些谜语实在是难猜。

举例来说，有一部喜剧片《龙马精神》，说到有一匹瘦马，"脊梁比刀子快，屁股比锥子快，躺下比起来快"。这匹马到了生产队的饲养员大叔手里，就被养得很肥。这部电影的问题是：这匹马起初怎么如此的瘦，这岂不是给集体经济抹黑？这个谜底就大出我的意料。从道理上讲，饲养员大叔把瘦马养肥了，才说明他热爱集体。假如马原来就胖，再把它喂得像一口超级肥猪，走起来就喘，倒不一定是关心集体。但是《龙马精神》还是被枪毙掉了。

再比方说，电影《海鹰》，我没看出问题来。但人家还是给它定了罪状。这电影中有个镜头，一位女民兵连长（王晓棠女士饰）登上了丈夫（一位海军军官）开的吉普车，扬尘而去。人家说，这女人不像民兵连长，简直像吉普女郎。所谓吉普女郎，是指解放前和美国兵泡的不正经的女人。说实在的，一般电影观众，除非本人当过吉普女郎，很难看出这种意思来。所以，我没看出这问题，也算是情有可原。

几乎所有的电影都被猜出了问题，但没有一条是我能看出来的。最后只剩下了"三战一哈"还能演。三战是《地道战》《地雷战》《南征北战》，大多不是文艺片，是军事教育片。这"一哈"是有关一位当时客居我国的亲王的新闻片，这位亲王带着他的夫人，一位风姿绰约的公主，在我国各地游览，片子是彩色的，蛮好看，上点年纪的读者可能还记得。除此之外，就是《新闻简报》，这是黑白片，内容千篇一律，一点不好看。有一个流行于七十年代的顺口溜，对各国电影做出了概括：朝鲜电影，又哭又笑；日本电影，内部卖票；罗马尼亚电影，莫名其妙；中国电影，《新闻简报》。这个概括是不正确的，起码对我国概括得不正确。当时的中国电影，除《新闻简报》，还剩了点别的。

这篇文章是从把电影当谜语来猜说起的。在六十年代末七十年代初，大多数的电影都被指出隐含了反动的寓意，枪毙实在是罪有应得。然后开始猜书。书的数量较多，有点猜不过来，但最后大多也有了结论：通通是毒草——红宝书例外。然后就猜人。好好一个人，看来没有毛病，但也被人找出谜底来：不是大叛徒，就是大特务，一个个被关进了牛棚。没被关进去的大都不值得一猜，比方说，我，一个十四五岁的中学生，关我就没啥意思，但我绝不认为自己身上就猜不出什么来。到了这个程度，似乎没有可猜的了罢？但人总能找出事干，这时就猜一切比较复杂的图案。有一种河南出产的香烟"黄金叶"，商标是一片烟叶，叶子上脉络纵横，花里胡哨。红卫兵从这张烟叶上看出有十几条反动标语，还有蒋介石的头像。我找来一张"黄金叶"的烟盒,对着它端详起来,横着看、竖着看,一条也没看出来。不知不觉,大白天的落了枕,疼痛难当,脖子歪了好几个月。好在年龄小,还能正过来。

到了这时,我终于得出一个结论:这种胡乱猜疑,实在是扯淡得很。这是个普遍猜疑的年代,没都能猜出有来。任何一种东西,只要足够复杂,其中有些难以解释的东西,就被往坏里猜。电影这种产品,信息含量很高,就算是最单纯的电影,所包含的信息也多过"黄金叶"的图案,想要没毛病,根本就不可能。所以,你要是听说某部电影有了问题,千万不要诧异。我们这代人,在猜疑的年代长大,难免会落下毛病,想从鸡蛋里挑出骨头,这样才显出自己能来,这是很不好的。但你若说,我这篇短文隐含了某些用意,我要承认,你说对了,不是胡乱猜疑。

* 载于1996年6月7日《戏剧电影报》,题为"从《北国江南》说起"。

为什么要老片新拍

听说最近影视圈里兴起了一阵重拍旧片的浪潮，把一批旧电影重拍成电视连续剧。其中包括《敌后武工队》《平原枪声》《铁道游击队》等等。现在《野火春风斗古城》已经拍了出来，正在电视上演着。我看了几眼，虽然不能说全无优点，但也没什么新意。联想到前不久看到一些忠实于原著的历史剧，我怀疑一些电视剧编导正在走一条程式化的老路，正向传统京剧的方向发展。笔者绝不是京剧迷，但认识一位京剧迷。二十年前我当学徒工时，有位老师傅告诉我说，在老北平，他每天晚上都到戏园子坐坐。一出《长坂坡》不知看了多少遍，"谁的赵云"他都看过。对此需要详加解释：过去所有的武生大概都在《长坂坡》里演过赵云，而我师傅则看过一切武生演的赵云。因为还不是所有的男演员都演过杨晓冬，也不是所有的女演员都演过银环，现在我们还不能说谁的杨晓冬、谁的银环都看过。但是事情正朝这个方向发展，因为杨晓冬和银环正在多起来。而且我们也不妨未雨绸缪，把这件事提前说上一说。

老实说，老片新拍（或者老戏重拍）不是什么新鲜事。我在美国时看过一部《疤脸人》，是大明星艾尔·帕西诺主演的彩色片。片尾忽然冒出一个字幕：以前有过一部电影《疤脸人》，然后就演了旧《疤脸人》的几个片断。从这几个片断就可以看出，虽然新旧《疤脸人》是同一个故事，但不是同一部电影。我们还知道影片《乱》翻新了莎翁的名剧，至于《战争与和平》，不知被重拍了多少遍。一个导演对老故事有了崭新的体会，就可以重拍，保证观众有一个全新的《疤脸人》或《战争与和平》就是，而且这也是对过去导演的挑战。必须指出，就是这样的老戏重拍，我也不喜欢。但这种老片重拍和我们看到的连续剧还不是一回事。我看到的《野火春风斗古城》，不仅忠实于小说原著，而且也忠实于老的黑白片，观后感就是让我把早已熟悉的东西过上一遍——就如我师傅每晚在戏园子里把《长坂坡》过一遍。前些时候有些历史连续剧，也是把旧小说搬上荧屏，也是让大家把旧有的东西过一遍。同是过一遍，现在的连续剧和传统京剧不能比。众所周知，京剧是高度完美的程式化表演。连续剧里程式是有的，完美则说不上。

我认为，现在中国人里有两种不同的欣赏趣味。一种是旧的，在传统社会和传统戏剧影响下形成的，那就是只喜欢重温旧的东西；另一种是新的，受现代影视影响形成的，只喜欢欣赏新东西。

按前一种趣味来看现在的连续剧，大体上还能满意，只是觉得它程式化的程度不够。举例来说，现在连续剧里的银环，和老电影里的银环，长相不一样，表演也不一样，这就使人糊涂。最好勾勾脸，按同一种程式来表演。当然，既已有了程式，编导就是多余的。传统的京剧班子里就没有编导的地位。不过，养几个闲人观众也不反对。若按后一种趣味来看连续剧，就会说：这叫什么？照抄些旧东西，难道编导的艺术工作就是这样的吗？但后一种观众是需要编导的，只是嫌他没把工作做好。总而言之，老戏新拍使编导处于一种两面不讨好的尴尬地位：前一种观众要你的戏，但不要你这个人；后一种观众要你这个人，不要你的戏。换言之，在前一种观众面前，你是尸位素餐地鬼混着；在后一种观众面前，你是不称职或不敬业的编导。照我看来，老戏重拍真是不必要。我有一个做导演的朋友，他告诉我说：你不知道做编导的苦处，好多事都是不得已而为之。他这样一说，我倒是明白了。

* 载于1995年第12期《演艺圈》杂志。

欣赏经典

有个美国外交官，二三十年代在莫斯科呆了十年。他在回忆录里写道，他看过三百遍《天鹅湖》。即使在芭蕾舞剧中《天鹅湖》是无可争辩的经典之作，看三百遍也太多了。但身为外交官，有些应酬是推不掉的，所以这个戏他只能一遍又一遍地看，看到后来很有点吃不消。我猜想，头几十次去看《天鹅湖》，这个美国人听到的是柴可夫斯基优美的音乐，看到的是前苏联艺术家优美的表演，此人认真地欣赏着，不时热烈地鼓掌。看到一百遍之后，观感就会有所不同，此时他只能听到一些乐器在响着，看到一些人在舞台上跑动，自己也变成木木痴痴的了。看到二百遍之后，观感又会有所不同。音乐一响，大幕拉开，他眼前是一片白色的虚空——他被这个戏魇住了。此时他两眼发直，脸上挂着呆滞的傻笑，像一条冬眠的鳄鱼——松弛的肌肉支持不住下巴，就像冲上沙滩的登陆艇那样，他的嘴打开了，大滴大滴的哈喇子从嘴角滚落，掉在膝头。就这样如痴如醉，直到全剧演完，演员谢幕已毕，有人把舞台的电闸拉掉，他才觉得眼前一黑。这时他赶紧一个大嘴巴把自己打醒，回家去了。后来他拿到调令离开前苏联时，如释重负地说道：这回可好了，可以不看《天鹅湖》了。

如你所知，该外交官看《天鹅湖》的情形都是我的猜测——说实在的，他流了哈喇子也不会写进回忆录里——但我以为，对一部作品不停地欣赏下去，就会遇到这三个阶段。在第一个阶段，你听到的是音乐，看到的是舞蹈——简言之，你是在欣赏艺术。在第二个阶段，你听到一些声音，看到一些物体在移动，觉察到了一个熟悉的物理过程。在第三个阶段，你已经上升到了哲学的高度，最终体会到芭蕾舞和世间一切事物一样，不过是物质存在的形式而已。从艺术到科学再到哲学，这是个返璞归真的过程。一般人的欣赏总停留在第一阶段，但有些人的欣赏能达到第二阶段。比方说，在电影《霸王别姬》里，葛优扮演的戏霸就是这样责备一位演员："别人的"霸王出台都走六步，你怎么走了四步？在实验室里，一位物理学家也会这样大惑不解地问一个物体：别的东西在真空里下落，加速度都是一个 g，你怎么会是两个 g？在实验室里，物理过程要有再现性，否则就不成其为科学，所以不能有以两个 g 下落的物体。艺术上的经典作品也应有再现性，比方说《天鹅湖》，这个舞剧的内容是不能改变的。这是为了让后人欣赏到前人创造的最好的东西。它只能照老样子一遍遍地演。

经典作品是好的，但看的次数不可太多。看的次数多了不能欣赏到艺术——就如《红楼梦》说饮茶：一杯为品，二杯是解渴的蠢物，三杯就是饮驴了。当然，不管是品还是饮驴，都不过是物质存在的方式而已，在这个方面，没有高低之分……

"文化革命"里，我们只能看到八个样板戏。打开收音机是这些东西，看个电影也是这些东西。插队时，只要听到广播里音乐一响，不管轮到了沙奶奶还是李铁梅，我们张嘴就唱；不管是轮到了吴琼花还是洪常青，我们抬腿就跳。路边地头的水牛看到我们有此举动，怀疑对它有所不利，连忙扬起尾巴就逃。假如有人说我唱得跳得不够好，在感情上我还难以接受：这就是我的生活——换言之，是我存在的方式，我不过是嚷了一声，跳了一个高，有什么好不好的？打个比方来说，犁田的水牛在拔足狂奔时，总要把尾巴像面小旗子一样扬起来，从人的角度来看有点不雅，但它只会这种跑法。我在地头要活动一下筋骨，就是一个倒踢紫金冠——我就会这一种踢法，别的踢法我还不会哪。连这都要说不好，岂不是说，我该死掉？根据这种情形，我认为自己对八个样板戏的欣赏早已到了第三个阶段，我们是从哲学的高度来欣赏的，但这些戏的艺术成就如何，我确实是不知道。莫斯科歌舞剧院演出的《天鹅湖》的艺术水平如何，那位美国外交官也不会知道。你要是问他这个问题，他只会傻呵呵地笑着，你说好，他也说好，你说不好，他也说不好……

在一生的黄金时代里，我们没有欣赏到别的东西，只看了八个戏。现在有人说，这些戏都是伟大的作品，应该列入经典作品之列，以便流传到千秋万代。这对我倒是种安慰——如前所述，这些戏到底有多好我也不知道，你怎么说我就怎么信，但我也有点怀疑,怎么我碰到的全是经典？就说《红色娘子军》罢，作曲的杜鸣心先生显然是位优秀的作曲家，但他毕竟不是柴可夫斯基……芭蕾和京剧我不懂，但概率论我是懂的。这辈子碰上了八个戏，其中有两个是芭蕾舞剧，居然个个是经典，这种运气好得让人起疑。根据我的人生经验，假如你遇到一种可疑的说法，这种说法对自己又过于有利，这种说法准不对，因为它是编出来自己骗自己的。当然，你要说它们都是经典，我也无法反对，因为对这些戏我早就失去了评判能力。

* 载于1996年第6期《华人文化世界》杂志。

电影·韭菜·旧报纸

看来,国产电影又要进入一个重视宣传教育的时期。我国电影的从业人员,必须做好艰苦奋斗的思想准备——这是我们的光荣传统。七十年代中期,我在北京的街道工厂当工人,经常看电影,从没花钱买过电影票,都是上面发票。从理论上说,电影票是工会买的。但工会的钱又从哪里来?我们每月只交五分钱的会费。这些钱归根结底是国家出的。严格地说,当时的电影没有票房价值,国家出钱养电影。今后可能也是这样。正如大家常说的,国家也不宽裕,电影工作者不能期望过高。这些都是正经话。

国家出钱让大家看电影,就是为了宣传和教育。坦白地说,这些电影我没怎么看。七四年、七五年我闲着没事,还去看过几次,到了七七、七八年,我一场电影都没看。那时期我在复习功课考大学,每分钟都很宝贵。除我以外,别的青工也不肯去看,有人要打家具,准备结婚,有人在谈朋友;总之,大家都忙。年轻人都让老师傅去看，但我们厂的师傅女的居多，她们说，电影院里太黑，没法打毛衣——虽然摸着黑也可以打毛衣，但师傅们说：还没学会这种本领。其结果就是，我们厂上午发的电影票，下午都到了字纸篓里。我想说的是，电影要收到宣传教育的结果，必须有人看才成，这可是个严肃的问题。除了编导想办法，别人也要帮着想办法。根据我的切身经历，我有如下建议：假如放映工会包场，电影院里应该有适当的照明，使女工可以一面看电影，一面打毛衣，这样就能把人留在场里。

当然，电影的宣传教育功能不光体现在城市，还体现在广阔的农村，在这方面我又有切身体验。七十年代初，我在云南插队。在那个地方，电影绝不缺少观众。任何电影都有人看，包括《新闻简报》。但你也不要想到票房收入上去。有观众，没票房，这倒不是因为观众不肯掏钱买票，而是因为他们根本就没有钱。我觉得在农村放电影，更能体现电影的宣传、教育功能。打个比方说，在城市的电影院放电影，因为卖票，就像是职业体育；在农村放电影，就像业余体育。业余体育更符合奥林匹克精神。但是干这种事必须敬业，有献身精神——为此，我提醒电影工作者要艰苦奋斗，放电影的人尤其要有这种精神。我插队时尽和放映员打交道，很了解这件事情。那时候我在队里赶牛车，旱季里，隔上十天半月，总要去接一次放映员，和他们搞得很熟……

有一位心宽体胖的师傅分管我们队，他很健谈，可惜我把他的名字忘掉了。我不光接他,还要接他的设备。这些设备里不光有放映机,还有盛在一个铁箱里的汽油发电机。这样他就不用使脚踏机来发电了。赶着牛车往回走时,我对他的工作表示羡慕:想想看,他不用下大田,免了风吹日晒,又有机器可用,省掉了自己的腿,岂不是轻省得很。但是他说,我说得太轻巧,不知道放映员担多大责任。别的不说,片子演到银幕上,万一大头朝下,就能吓出一头冷汗。假如银幕上有伟大领袖在内,就只好当众下跪,左右开弓扇自己的嘴巴,请求全体革命群众的原谅。原谅了还好,要是不原谅,捅了上去,还得住班房——这种事情是有的,而且时常发生。也不知为什么,放映员越怕,就越要出这种事。他说放电影还不如下大田。这是特殊年代里的特殊事件,没有什么普遍意义。但他还说:宣传工作不好干——这就有普遍意义了。就拿放电影来说罢,假如你放商业片,放坏了,是你不敬业;假如这片子有政治意义,放坏了,除了不敬业,还要加一条政治问题。放电影的是这样,拍电影的更是这样。这问题很明白,我就不多说了。

　　越不好干的工作,就越是要干,应该有这种精神。我接的这位师傅就是这样。他给我们放电影,既没有报酬,更谈不上红包。我们只管他的饭,就在我们的食堂里吃。这件事说起来很崇高,实际上没这么崇高。我所在的地方是个国营农场,他是农场电影队的,大家同在一个系统,没什么客套。走着走着,他问起我们队的伙食怎样。这可不是瞎问：我们虽是农场，却什么家当都没有，用两只手种地，自己种自己吃，和农民没两样。那时候地种得很坏，我就坦白地说，伙食很糟。种了一些花生，遭了病害，通通死光，已经一年没油吃。他问我有没有菜吃，我说有。他说，这还好。有的队菜地遭了灾，连菜都没有，只能拿豆汤当菜。他已经吃了好几顿豆汤，不想再吃了。我们那里有个很坏的风气，叫作看人下菜碟。首长下来视察就不必说了，就是兽医来阉牛，也会给他煎个荷包蛋。就是放映员来了，什么招待也没有。我也不知是为什么。

我讲这个故事，是想要说明，搞电影工作要艰苦奋斗。没报酬不叫艰苦奋斗，没油吃不叫艰苦奋斗，真正的艰苦马上就要讲到。回到队里，帮他卸下东西，我就去厨房——除了赶牛车，我还要帮厨。那天和往常一样，吃凉拌韭菜。因为没有油，只有这种吃法。我到厨房时，这道菜已经炮制好了，我就给帮着打饭打菜。那位熟悉的放映员来时，我还狠狠地给了他两勺韭菜，让他多吃一些。然后我也收拾家当，准备收摊；就在这时，放映员仁兄从外面猛冲了进来，右手扼住了自己的脖子，舌头还拖出半截，和吊死鬼一般无二。当然，他还有左手。这只手举着饭盆让我看——韭菜里有一块旧报纸。照我看这也没有什么。他问我：韭菜洗了没有，我说洗大概是洗了的，但不能保证洗得仔细。但他又问：你们队的韭菜是不是用大粪来浇？我说：

大概也不会用别的东西来浇……然后才想了起来，这大概是队部的旧报纸。旧报纸上只要没有宝像，就有人扯去方便用，报纸就和粪到了一起——这样一想，我也觉得恶心起来，这顿韭菜我也没吃。可钦可佩的是，这位仁兄干呕了一阵，又去放电影了。以后再到了我们队放电影，都是自己带饭，有时来不及带饭，就站在风口处，张大嘴巴说道：我喝点西北风就饱了——他还有点幽默感。需要说明的是，洗韭菜的不是我，假如是我洗的，让我不得好死。这些事是我亲眼所见，放映员同志提心吊胆，在韭菜里吃出纸头，喝着西北风，这就是艰苦奋斗的故事。相比之下，今天的电影院经理，一门心思地只想放商业片，追求经济效益，不把社会效益、宣传工作放在心上，岂不可耻！但话又说回来，光喝西北风怎么饱肚，这还需要认真研究。

* 载于1996年第18期《三联生活周刊》杂志。

商业片与艺术片

去年,好莱坞十部大片在中国上演,引起了一场不大不小的轰动。这类片子我在美国时看了不少,但我远不是个电影迷。初到美国时英文不好,看电影来学习英文——除了在电影院看,还租带子,在有线电视上看,前后看了大约也有上千部。片子看多了,就能分出好坏来。但我是个中国的知识分子,既不买好莱坞电影俗套的帐,也不吃美国文化那一套,评判电影另有一套标准。实际上,世界上所有的文化人评判美国电影,标准都和我差不多。用这个标准来看这十部大片,就是一些不错的商业片,谈不上好。美国电影里有一些真好的艺术片,可不是这个样子。

作为一个文化人,我认为好莱坞商业片最让人倒胃之处是落俗套。五六十年代的电影来不来的张嘴就唱,抬腿就跳,唱的是没调的歌,跳的是狗撒尿式的踢踏舞。我在好莱坞电影里看到男女主人公一张嘴或一抬腿,马上浑身起鸡皮疙瘩、抖作一团。你可能没有同样的反应,那是因为没有我看得多。到了七十年代,西部片大行其道,无非是一个牛仔拔枪就打,全部情节就如我一位美国同学概括的:Kill everybody——把所有的人都杀了。等到观众看到牛仔、左轮手枪就讨厌,才换上现在最大的俗套,也就是我们正在看的:炸房子,摔汽车,一直要演到你一看到爆炸就起鸡皮疙瘩,才会换点别的。除了爆炸,还有很多别的俗套。说实在的,我真有点佩服美国片商炮制俗套时那种恬不知耻的劲头。举个例子,有部美国片子《洛基》,起初是部艺术片,讲一个穷移民,生活就如一潭死水——那叙事的风格就像怪腔怪调的布鲁斯,非常的地道。有个拳王挑对手,一下挑到他头上,这是因为他的名字叫"洛基",在英文的意思里是"经揍"……这电影可能你已经看过了,怪七怪八的,很有点意思。我对它评价不低。假如只拍一集,它会给人留下很好的印象,别人也爱看。无奈有些傻瓜喜欢看电影里揍人的镜头,就有混帐片商把它一集集地拍了下去,除了揍人和挨揍,一点别的都没了。我离开美国时好像已经拍到了《洛基七》或者《洛基八》,弄到了这个地步,就不是电影,根本就是大粪。

好莱坞商业片看多了,就会联想到《镜花缘》里的直肠国。那里的人消化功能差,一顿饭吃下去,从下面出来,还是一顿饭。为了避免浪费,只好再吃一遍(再次吃下去之前,可能会回回锅,加点香油、味精)。直到三遍五遍,饭不像饭而像粪时,才换上新饭。这个比方多少有点恶心，但我想不到更好的比方了。好莱坞的片商就是直肠国的厨师，美国观众就是直肠国的食客。顺便说一句，国产电影里也有俗套，而且我们早就看腻了……这个话题就到此为止，以免大家恶心。说句公道话，这十部大片有不少长处，特技很出色，演员也演得好，虽然说到头来，也就是些商业俗套，但中国观众才吃第一遍，感觉还很好，总得再看上一些才能觉得味道不对头。

我说过，美国也有好的艺术片。比方说，沃伦·比提年轻时自己当制片、自己主演的片子就很好。其中有一部《赤色分子》，中国的观众就算没看过，大概也有耳闻。再比方说乌迪·艾伦的影片，从早年的《傻瓜》(Banana)，到后来的《汉娜姐妹》，都很好。艺术片和商业片的区别就在于不是俗套。谁能说《末代皇帝》是俗套？谁能说《美国往事》是俗套？美国出产真正的艺术片并不少，只是与大量出产的商业片比，显得少一点而已。然而就是这少量的电影，才是美国电影真正生命之所在。美国搞电影的人自己都说，除了少量艺术精品，好莱坞生产垃圾。制造垃圾的理由是：垃圾能卖钱，精品不卖钱。《美国往事》《末代皇帝》从筹划到拍成，都是好几年。要总是这样拍电影，片商只好去跳楼……

既然艺术片不赚钱，怎么美国人还在拍艺术片？这是最有意思的问题。我以为，没有好的艺术片，就没有好的商业片。好东西翻炒几道才成了俗套，文化垃圾恰恰是精品的碎片。要是没人搞真正的艺术电影，好莱坞现在肯定还在跳狗撒尿的踢踏舞，让最鲁钝、最没品位的电影观众看了也大发疟疾。无论如何，真正的艺术才是世界上最好的东西。我对去年引进十部大片很赞成，因为前年连这样十部大片都没有。但我觉得自今年起，就该有点艺术片。除此之外，眼睛也别光盯着好莱坞。据我所知，美国一些独立制片人的片子相当好，欧洲的电影就更好。只看好莱坞商业片，是会把人看笨的。

* 载于1996年第4期《演艺圈》杂志。

中国为什么没有科幻片

王童叫我回答一个问题：为什么中国没有科幻片。其实，这问题该去问电影导演才对。我认得一两位电影导演，找到一位当面请教时，他就露出一种蒙娜·丽莎的微笑来，笑得我浑身起鸡皮疙瘩。笑完了以后他朝我大喝一声：没的还多着哪！少跟我来这一套……吼得我莫名其妙，不知自己来了哪一套。搞电影的朋友近来脾气都不好，我也不知为什么。

既然问不出来，我就自己来试着回答这个问题。我在美国时，周末到录像店里租片子，"科幻"一柜里片子相当多，名虽叫作科幻，实际和科学没什么大关系。比方说，《星际大战》，那是一部现代童话片。细心的观众从里面可以看出白雪公主和侠盗罗宾汉等一大批熟悉的身影。再比方说，《侏罗纪公园》，那根本就是部恐怖片。所谓科幻，无非是把时间放在未来的一种题材罢了。当然，要搞这种电影，一些科学知识总是不可少的，因为在人类的各种事业中，有一样总在突飞猛进地发展,那就是科学技术,要是没有科学知识,编出来也不像。

有部美国片子《苍蝇》,国内有些观众可能也看过,讲一个科学家研究把人通过电缆发送出去。不幸的是,在试着发送自己时,装置里混进了一只苍蝇,送过去以后,他的基因和苍蝇的基因就混了起来,于是他自己就一点点地变成了一只血肉模糊的大苍蝇——这电影看了以后很恶心,因为它得了当年的奥斯卡最佳效果奖。我相信编这个故事的人肯定从维纳先生的这句话里得到了启迪:从理论上说,人可以通过一条电线传输,但是这样做的困难之大,超出了我们的能力。想要得到这种启迪,就得知道维纳是谁:他是控制论的奠基人,少年时代是个神童——这样扯起来就没个完了。总而言之,想搞这种电影,编导就不能上电影学院,应该上综合性大学。倒也不必上理科的课,只要和理科的学生同宿舍,听他们扯几句就够用了。据我所知,综合性大学的学生也很希望在校园里看到学电影的同学。尤其是理科的男学生,肯定希望在校园里出现一些表演系的女生……这很有必要。中国的银幕上也出现过科学家的形象,但都很不像样子,这是因为搞电影的没见过科学家。演电影的人总觉得人若得了博士头衔,非疯即傻。实际上远不是这样。我老婆就是个博士,她若像电影上演的那样,我早和她离婚了。

除了要有点科学知识,搞科幻片还得有点想象力。对于创作人员来说，这可是个硬指标。这类电影把时间放到了未来，脱离了现实的束缚，这就给编导以很大自由发挥的空间——其实是很严重的考验。真到了这片自由的空间里，你又搞不出东西来，恐怕是有点难堪。拍点历史片、民俗片，就算没拍好，也显不出寒碜。缺少科学知识，没有想象力，这都是中国出不了科幻片的原因——还有一个原因，科幻片要搞好，就得搞些大场面，这就需要钱——现在是社会主义初级阶段，没那么多钱。好了，现在我已经有了很完备的答案。但要这么回答王童，我就觉得缺了点什么……

我问一位导演朋友中国为什么没有科幻片，人家就火了。现在我设身处地地替他想想：假设我要搞部科幻片，没有科学知识，我可以到大学里听课。没有想象力，我可以喝上二两，然后面壁枯坐。俗话说得好，牛粪落在田里，大太阳晒了三天，也会发酵、冒泡的。我每天喝二两，坐三个小时，年复一年，我就不信什么都想不出来——最好的科幻本子不也是人想出来的吗？搞到后来，我有了很好的本子，又有投资商肯出钱，至于演员嘛，让他们到大学和科研单位里体验生活，也是很容易办到的——搞到这一步，问题就来了：假设我要搞的是《侏罗纪公园》那样的电影，我怎么跟上面说呢？我这部片子，现实意义在哪里？积极意义又在哪里？为什么我要搞这么一部古怪的电影？最主要的问题是：我这部电影是怎样配合当前形势的？这些问题我一个都答不上来，可答不上来又不行。这样一想,结论就出来了:当初我就不该给自己找这份麻烦。

* 载于 1997 年 1 月 2 日《戏剧电影报》。

有关爱情片

据说有不少观众在呼唤国产爱情片。其实，国产片子里提到爱情的也不少。小时候我看过一部《战火中的青春》，那片子是打仗的，小男孩挺爱看，但看完又觉得有点腻腻歪歪的不对劲。现在知道，这是因为片里暗示了一点爱情。青年时代看过《庐山恋》，从片名就知道，这是部爱情片。至于近来的影片，只要是现代的，大概都有点爱情的影子在内。有这么多提到爱情的国产片，观众还觉得不够，想必是有原因的——我觉得这原因就是：这些电影里爱情的力度不够，不足以满足观众（尤其是中青年女观众）的需要。我以为这是因为导演老想在电影里加入些理想和追求，把怎么谈恋爱都忘了。

以《庐山恋》为例，不仅爱情的力度不够，而且相当的古怪，虽说是部爱情片，男女主人公一不接吻，二不拥抱，连爱你都不说，只用英文高呼：I love my motherland，吼得地动山摇。那部电影看得我浑身发冷——在云南插队时，我得过疟疾，自打那以后，还没起过那么多的鸡皮疙瘩。想看看爱情片的观众当然也不想洗这样的冷水澡。她们想看的是《生死恋》《爱情故事》《廊桥遗梦》这样的电影，爱就爱个七死八活——拿洗澡来打比方，她们不想洗冷水澡，也不想洗温水澡。她们要的是一锅热水，烫得能煺猪毛。用猪毛来比喻爱情虽然欠斯文，但能够说明问题。我要说的是：我国的编导要想使观众满意，一定要再升升温度才成。我敢拿我这个月的饭钱打赌，谁要是能搞出一锅滚滚大开的热水、一部爱到七死八活的电影，肯定能大获成功。

读者看到我这段不阴不阳的文字，肯定会想到我不爱看爱情片。你猜对了，我爱看警匪片、科幻片，甚至武打片，就是不爱看爱情片。众所周知，警匪片很是扯淡，在《纽约大劫案》中，一帮土匪劫走了几十卡车的黄金。其实在美国，除了国库哪里都没有这么多的金子，谁要是不想活了就可以去劫个试试。现在的科幻片则完全荒诞不经。在武打片里，人们在天上飞来飞去，随手一挥，就放出一片 UFO 来，打到哪里哪里就爆炸——可就是炸不死对方。那些侠客们就这样浪费自己的神奇武功，却不肯用这种能力去开山辟路，造福于人。但是人也不能总这样一本正经，偶尔看看别人扯淡，也是一种调剂。

要让我来说，哪种电影都没有爱情片扯淡——人要像这种电影里那样疯狂，不出一个月准完蛋。实际上，多数爱情片的结局总是男女主人公之一完蛋——除了让他们完蛋，就想不出办法来收场。虽然女主角很迷人，男主角很潇洒，看到他们完蛋我也不伤心——我知道不是真完蛋，而是假完蛋。这种电影我看过不少，都是陪太太看的。她在这边流眼泪，我在那边说风凉话。电影散场后，她眼睛还是红红的。我不免要说：你看看你，岁数也不小了，还是 Ph.D.，看这种电影掉眼泪，寒碜不寒碜。我老婆振振有辞地说：你不知道，人经常流点眼泪，对身体有好处。按照她的说法，看爱情片就是为了刺激一下泪腺。我没有理由反对她的这种嗜好——如前所述，我自己也常看些扯淡的电影作为消遣。我知道，有位伟大的哲学家、了不起的大智者维特根斯坦，最喜欢看没品的侦探小说，相比之下我们又算得了什么。女人爱看爱情片，这种嗜好也该得到尊重。我看不出我国的编导有什么理由不肯把水再烧热一些——她们爱看什么就拍什么罢。

* 载于 1997 年 1 月 23 日《戏剧电影报》，题为"谈到爱情片"。

都市言情剧里的爱情

看过冯小刚导演的都市言情剧《情殇》，感到这个戏还有些长处。摄影、用光都颇考究，演员的表演也不坏，除主题歌难听，没有太不好的地方。当然，这是把它放在"都市言情剧"这一消闲艺术门类内去看，放到整个艺术的领域里评论，就难免有些苛评——现在我就准备给它点苛评。我觉得自己是文化人，作为此类人士，我已经犯下了两样滔天大罪：第一，我不该看电视剧，这种东西俗得很；第二，我不该给电视剧写评论。看了恶俗的都市言情剧，再写这篇评论文章，我就如毕达哥拉斯学派的弟子，有了吃豆子的恶行，从此要被学院拒之于门外。所幸我还有先例可引：毛姆先生是个正经作家，但他也看侦探小说，而且写过评论侦探小说的文章。毛姆先生使我觉得自己有可能被原谅。当然，是被文化人原谅，不是被言情剧作者原谅——苛刻地评论人家，还想被原谅，显得太虚伪。

毛姆是这样评论侦探小说的：此类小说自爱伦·坡以来，人材辈出，培养出一大批狡猾的观众，也把自己推入了难堪之境。举例来说，一旦侦探小说里出现一位和蔼可亲、与世无争的老先生时，狡猾的观众们就马上指出：杀人的凶手就是他！此类情形也发生在我们身边，言情剧的作者也处于难堪的境地。这两年都市言情剧看多了，我们正在变得狡猾：从电视屏幕上看到温柔、漂亮的女主角林幻，我马上就知道她将在这部戏里大受摧残——否则她就不必这样温柔、漂亮了。在言情剧里，一个女人温柔、漂亮，就得倒点霉；假如她长得像我（在现实生活里，女人长得像我是种重大灾难），倒有可能很走运。她还有个变成植物人的丈夫，像根木棍一样睡在病床上，拖着她，使她不便真正移情别恋。从剧情来看，任何一个女人处在女主角的地位，都要移情别恋，因为不管她多么善良、温柔，总是一个女人，不是一根雌性的木棍，不能永远爱根雄木棍，而且剧里也没把她写成木棍，既然如此，植物人丈夫的作用无非是加重对女主角的摧残……剧情的发展已经证实了我的预见。

更狡猾的观众则说，剧作者的用意还不仅如此。请相信，这根木头棍子是颗定时炸弹。一旦林幻真正移情别恋，这根木头棍子就会醒来，这颗定时炸弹就要炸响，使可爱的女主角进一步大受摧残。戏演到现在，加在女主角身上的摧残已经够可怕的了：植物人丈夫一年要二十万医药费，她爱的男人拿不出。有个她不爱的男人倒拿得出，但要她嫁过去才能出这笔钱。对于一个珍视爱情的女人来说，走到了这一步，眼看要被逼成一个感情上的大怪物……我很不希望这种预见被证实，但从剧情的发展来看，又没有别的出路。造出一颗定时炸弹，不让它响，对炸弹也不公平哪。

毛姆先生曾指出，欣赏通俗作品有种诀窍，就是不要把它当真；要把它当作编出来的东西来看，这样就能得到一定的乐趣。常言道：爱与死是永恒的主题，侦探小说的主题是死，言情剧的主题是爱。虽然这两件事是我们生活中的大事，但出现在通俗作品里，就不能当真。此话虽然大有道理，怎奈我不肯照办。

从长远的观点来看，我们都是要死的。被杀也是一种可能的死因。但任何一个有尊严的人都会拒绝侦探小说里那种死法：把十八英尺长的短吻鳄鱼放到游泳池里，让它咬死你；或者用锐利的冰柱射入你的心脏；最起码要你死于南洋土人使用的毒刺——仿佛这世界上没有刀子也拣不到砖头。其实没有别的理由，只是要你死得怪怪的。这不是死掉，而是把人当猴子耍，凶手对死者太不尊重——我这样认真却是不对的。侦探小说的作者并没有真的杀过人。所以，在侦探小说里，别的事情都可以当真，唯有死不能当真。

同理，都市言情剧别的事都可以当真，也只有爱情不能当真。倘若当真，就有很多事无法解释。以《情殇》中的林幻为例，她生为一个女人，长得漂亮也不是她之罪，渴望爱情又有什么不对？

但不知为什么,人家给她的却是这样一些男人:第一个只会睡觉,该醒时他不醒,不该醒时他偏醒,就是这么睡,一年却要二十万才够开销——看到睡觉有这么贵,我已经开始失眠;第二个虽然有点像土匪,她也没有挑剔,爱上了,但又没有钱,不能在一起;第三个有钱,可以在一起,她又不爱——看到钱是如此重要,我也想挣点钱,免得害着我老婆,甚至想到去写电视剧——我也不知还有没有第四个和第五个,但我知道假如有,也不会是什么好东西。这世界上不是没有好男人,怎奈人家不给她,拣着坏的给。这个女人就像一头毛驴被驾在车辕上,爱情就像胡萝卜,挂在眼前,不管怎么够,就是吃不着——既然如此,倒不如不要爱情。我想一个有尊严的女人到了这个地步,一定会向上帝抱怨:主啊,我知道你的好意,你把我们分成男人和女人,想让我们生活有点乐趣——可以谈情说爱;但是好心不一定能办好事啊,看我这个样子,你不可怜我吗?倒不如让我没有性别,也省了受这份活罪——我知道有些低等生物蒙你的恩宠,可以无性繁殖,我就像细菌那样分裂繁殖好了,这样晚上睡觉,早上一下变成了两个人,谈恋爱无非是找个伴儿嘛,自己裂成两半儿,不就有伴儿了吗……

上帝听了林幻的祷告,也许就安排她下世做个无性繁殖的人,晚上睡觉时是林幻,醒来就变成了林幻一和林幻二,再也不用谈爱情。很不幸的是,这篇祷告词有重大的遗漏,忘记告诉上帝千万不要再把她放进电视剧里,以免剧作者还是可以拿着她分裂的事胡编乱派,让她生不如死。但这已是另一个世界里电视剧作者的题目,非我所能知道。

艺术的深与浅

与王朔有关的影视作品我看了一些,有的喜欢,有的不喜欢。有些作品里带点乌迪·艾伦的风格,这是我喜欢的。有些作品里也冒出些套话,这就没法喜欢。总的来说,他是有艺术成就的,而且还不小;当然,和乌迪·艾伦的成就相比,还有不小的距离。现在他受到一些压力,说他的作品没有表达真善美,不够崇高等等。对此我倒有点看法。有件事大家可能都知道:艺术的标准在世界上各个地方是不同的。以美国的标准为例,到了欧洲就会被视为浅薄。我知道美国有部格调高尚的片子,说上帝本人来到了美国,变成了一个和蔼可亲的美国老人,到处去助人为乐;听见别人顺嘴溜出一句:感谢上帝……就接上一句:不客气!相信这个故事能使读者联想到一些国产片。这种片子叫欧洲人,尤其是法国人看了,一定会觉得浅薄。法国人对美国电影的看法是:除了乌迪·艾伦的电影,其他通通是狗屎一堆。

相反，一些优秀的欧洲电影，美国人却没有看过。比方说，我小时看过一些极出色的意大利电影，如《罗马十一时》之类，美国人连听都没听说过。为此我请教过意大利人，他们皱着鼻子说道：美国人看我们的电影？他们看不懂！把知识分子扣除在外，仅就一般老百姓而论，欧洲人和美国人在文化上有些差异：欧洲，尤其是南欧的老百姓喜欢深刻的东西，美国人喜欢浅薄的东西；这一点连后者自己也是承认的。这种区别是因为欧洲有历史，美国没有历史所致。

因为有这种区别，所以对艺术的认识也有深浅的不同。假定你有深刻的认识，对浅薄的艺术就会视为庸俗——这正是欧洲人对美国电影的看法。现在来谈谈我们中国人民是哪一种人。我毫不怀疑，因为有五千年的文明史，我们是全世界最深刻的人民。这一点连自以为深奥的欧洲人也是承认和佩服的。我在国外时，从电视上看到这样一件事：美籍华人建筑师贝先生主持了卢浮宫改造工程；法国人不服，有人说：美国人有什么文化？凭什么来动我们的卢浮宫？对此，贝先生从容答道：我有文化，我是中国人哪。对方也就哑口无言了。顺便说说，乌迪·艾伦的电影，充满了机智、反讽，在美国电影里是绝无仅有的。这也难怪，他虽是美国籍，却是犹太人，犹太文化当然不能小看。他的电影，能搞到手的我都看过，我觉得也不坏；但对我来说，还略嫌浅薄。略嫌浅薄的原因除中华文化比犹太文化历史悠久之外，还有别的。这也难怪，在美国的中国人当时不过百万，作为观众为数太少；他也只能迁就一下一般浅薄的美国观众。正因为中国的老百姓有历史、有文化、很深刻，想在中国搞出正面讴歌的作品可不容易啊；无论是美国导演还是欧洲导演，哪怕是犹太导演，对我们来说，都太浅薄。我认为，真善美是一种老旧的艺术标准；新的艺术标准是：搞出漂亮的、有技巧的、有能力的东西。批判现实主义是艺术的一支，它就不是什么真善美。王朔的东西在我看来基本属于批判现实主义，乌迪·艾伦也属这一类。这一类的艺术只有成熟和深刻的观众才能欣赏。

在我看来，所谓真善美就是一种甜腻腻的正面描写，在一个成熟的现代国度里，一流的艺术作品没有不包括一点批判成分的。因此，从批判转入正面歌颂往往意味着变得浅薄。王朔和他的创作集体在影视圈乃至文化圈里都是少数派。对于上述圈子里的多数派，我有这样一种意见：现在中青年文化人之大多数，对文化的一般见识，比之先辈老先生们，不唯没有提高，反而大幅度下降。为了防止激起众怒，我要声明：我自己尤其远不如老先生们。五六十年代的意大利的优秀电影一出现，老先生们就知道是好东西，给予"批判现实主义杰作"的美誉。现在的文化人不要说这种见识，连这样的名词都不知道，只会把"崇高"之类的名词径直讲出口来，也不怕直露。当然，大家不乏讴歌主旋律的决心，但能力，或者干脆说是才能，始终是个主要问题。多数的影视作品善良的创作动机是不容怀疑的,但都不好看。

在此情况下,应该想到自己的艺术标准浅于大众,和有五千年文明史的中国人民之一般水平不符,宜往深处开掘——不要看不起小市民,也不要看不起芸芸众生。毛主席曾言:高贵者最愚蠢,卑贱者最聪明。你搞出的影视作品让人家看了身上爆起三层鸡皮疙瘩,谁聪明谁笨,也就不言自明。搞影视的人常抱怨老百姓口味太刁,这意思无非是说老百姓太聪明,自己太笨。我倒觉得不该这样子不打自招,这就显得更笨了。我觉得王朔过去的反嘲、反讽风格,使我们能见到深一层的东西。最近听说他要改变风格,向主流靠拢,倒使我感到忧虑。王朔是个聪明人。根据我的人生经验,假如没有遇上车祸,聪明人很不容易变笨。可能他想要耍点小聪明,给自己的作品披上一层主旋律的外衣,故作崇高之状。但是,中国人都太聪明,耍小聪明骗不了谁,只能骗骗自己。就拿他最近的《红樱桃》来说,虽然披了一层主旋律的外衣,其核心内容和美国电影《九周半》还是一类。把这些不是一类的东西嫁接在一起,看上去真是不伦不类。照这个样子搞下去,广电部也未必会给他什么奖励,还要丢了观众。两样都没得到,那才叫倒霉。

* 原题为"王朔的作品"。

外国电影里的幽默

近来和影视圈里的朋友谈电影,我经常要提起乌迪·艾伦。这些朋友说,艾伦的片子难懂,因为里面充满了外国人的幽默。幽默这种东西很深奥,一般人没有这么大的学问,就看不懂。我说,我觉得这些片子很好懂。他们说:您是个最有学问的人哪。就因为能看懂艾伦的电影,我赚了这么一顶高帽。艾伦有部电影叫作《傻瓜》(*Banana*),写的也是个傻瓜,走在街上看到别人倒车,就过去指挥,非把人家指挥到墙上才算;看到别人坐在桥栏杆上,就要当胸推上一把,让人家拖着一声怪叫掉到水里——就这么个能把人气乐了的家伙,居然参加了游击队,当了南美的革命领袖……当然,这部电影想在中国上演是不容易的,但也没有什么高深的学问在内。

艾伦还有部片子,叫作《性——你想知道又不敢问的事情》,从名字就能看出来,这片子有点荤,不在引进之列,但也不难懂。

我在街道工厂学过徒,我估计我们厂的师傅看到这部片子都能笑出来;但也会有人看了不想笑。有位英国演员得了奥斯卡金像奖之后,仅仅因为他是男的,追星族的少女就对他很热情。他感慨道:我现在才知道,原来四十多岁、秃顶、腆着个大肚子(这就是他老兄当年的形象),这就是性感的标志啊。我也有同样感慨:原来"傻瓜""想知道又不敢问的事",这就是高深的学问啊。

最近看过美国电影《低级小说》(又译《黑色通缉令》),里面有个笑话是这样的:一次大战时,有个美国军人给爱人买了一块金表,未来得及给她,就上了前线。他带着这块表出生入死,终于回来,把表交给了她,两人结婚生子,这块表就成了这一家的传家宝。这家的第二代又是军人,带着金表去越南打仗,被越共逮住,进了战俘营。越共常常搜战俘的身,但此人想道:我要把这传家宝藏好,交给我儿子,就把它藏在了屁眼里,一连藏了五年,直到不幸死去。在临终时,他把表托付给战友,让他一定把表给儿子。这位战友也没地方藏,又把它藏在了屁眼里,又藏了两年,才被释放。最后,这家的第三代还是个孩子时,有一天,来了一位军官(就是那位受托的战友),给他讲了这个故事,并把这件带有两个人体温,七年色、香、味的宝物,放到孩子手心里。这孩子直到四十多岁,还常常在梦里见到这一幕,然后怪叫一声吓醒。

鲁迅先生也讲过一个类似的故事:民国时,一位前清的遗少把玩着一件珍贵的国宝——放在手里把玩,还拿来刮鼻子,就差含在嘴里——原来这国宝是古人大殓时夹在屁眼里的石头。从这两个故事的相似之处可以看出幽默是没有国界的，用不到什么高深学问就能欣赏它；但你若是美国的老军官，就不喜欢《黑色通缉令》；你要是中国的遗老，就会不喜欢鲁迅先生的笑话。在这种情况下，人就会说：听不懂。

除了不想懂，还有不敢懂的情形。美国的年轻人常爱用这样一句感叹语："Holy shit!"信教的老太太就听不懂。holy 这个词常用在宗教方面，就如中国人说：伟大、光荣、正确。shit 是屎。连在一起来说，好多人就不敢懂了。

在美国，教会、军队，还有社会的上层人物，受宗教和等级观念制约，时常犯有假正经的毛病，所以就成为嘲讽的对象。这种幽默中国没有，但却不难理解。中国为什么没有这种幽默，道理是明摆着的：这里的权力不容许幽默，只容许假正经。开玩笑会给自己带来麻烦，我喜欢说几句笑话，别人就总说：你在五七年，准是个右派。五七年有好多漫画家都当了右派。直到现在，中国还是世界上少数几个没有政治漫画的国家。于是，幽默在这个国家就成了高深莫测的学问。

有一部根据同名小说改编的电影《玫瑰之名》，讲了这么一个故事：中世纪的意大利，有座修道院，院里藏了一本禁书，有很多青年僧侣冒着生命危险去偷看这本书，又有一个老古板，把每个看过这本书的人都毒死了。该老古板说道，这本禁书毒害人的心灵，动摇人的信仰，破坏教会在人间的统治——为此，他不但杀人，还放了火，把这本禁书和整个修道院都烧掉了。这是个阴森恐怖的故事，由始至终贯穿着一个悬念——这是一本什么书？可以想象，这书里肯定写了些你想知道又不敢问的事情。在电影结束时，披露了书名，它就像《低级小说》里那块沉重的金表，放进了你的掌心：它是亚里士多德久已失传的《诗学》第二部。这本书只谈了一件事：什么叫作幽默。这个故事的背景也可以放在现代中国。

好人电影

我在国外时看过一部歌颂好人好事的电影,片名就叫《好人先生》。现在我们这里正好提倡拍这样的电影。俗话说得好,他山之石可以攻玉,从《好人先生》里,也许可以找出可供借鉴的地方。这位好人先生是个意大利人,和我现在的年龄相仿,比我矮一个头,头顶秃光光的,在电影院里工作。和一切好人一样,他的长相一般,但他的天性就是助人为乐,不管谁需要帮助,他马上就出现在那人身旁,也不说什么豪言壮语,挽起袖子就开始工作。

影片一开始时,他在帮助一位失业青年。这位青年有表演天才,只可惜没有演出的机会。好人先生要帮他的忙,就去找夜总会的老板。他到了人家那里也不说话,先帮老板擦桌扫地。老板知道他的意思,就说:你不要这样,我不能叫某某到我这里演出——我的生意不坏,弄个棒槌来出洋相,这不是毁我的生意吗?好人也不说话,接着帮老板干活,天天如此,终于叫老板不好意思了,说道：好罢，叫你那个人来罢，只准演一晚上。好人还是没说话。当晚他把那位青年送来了——顺便说一句，好人有一辆汽车，非常之小，样子也很古怪，像个垃圾箱的模样，我看不出是什么牌子的——把那青年送到夜总会的后门，陪他到了后台，此时电影已经演了老半天了，好人还没说一句话呢。我一边看一边想：真可惜，这么好的人是个哑巴。然后，那位青年的演出大获成功。好人在后台看他谢幕，忽然说了一句：新的明星诞生了。然后就开车走了。我看到这里非常感动，而且也挺高兴：好人不是哑巴。我们的电影里，好人满嘴豪言壮语，效果倒未必好。

在那部电影里，好人开着他那辆古怪汽车跑来跑去，忙得不可开交。那部电影头绪繁多，有二十条以上的线索，这是因为他在帮助二十个以上的人。有时你简直看不出他在干什么。比方说，他抽出大量的时间来陪一位年轻的单身母亲。这位女士非常的可爱，我觉得他对她有意思了。这也没什么不好的：好人是光棍一条，有个伴也没什么不好。走到大庭广众之中，他老请她唱歌给他听——她的嗓子非常之好，但不喜欢在生人面前歌唱，但终于拗不过好人。终于有一回，在一个大商场里放声歌唱起来，简直就像天使在歌唱。大家停下来听，给她鼓掌，她也陶醉在歌唱之中——这时候好人又跑了。人家唱得这么好，他也不听。这时我忽然想到：这个女人原来心理是有问题的，既孤僻，又悲观，好人帮助她克服了心理危机——他其实并不想听她唱歌，不过是做件好事而已。好人做好事，做得让你不知是在干啥，这样可以制造悬念——这是一种电影技法，警匪片常用，好人片里也用得上。

《好人先生》是根据真人真事拍成的，像这类影片总是有点沉闷。这部电影也有这个缺点。这电影我讲不全，因为中间睡着了几次，每次都是我老婆掐醒的。平时我睡觉不打呼噜，可那回打得很响，还是在电影院里，所以她不掐也不行——影片结尾并不沉闷：好人遇上了一个特殊的求助者——一个四五十岁的寡妇。这女人一看就很刻薄古板，身上穿着黑色的丧服，非常不讨人喜欢。她把好人叫到家里来，直截了当地说：我要你每月到我这里来两次，每月第一个星期一和第三个星期一，晚上八点来，和我做爱。你要对我非常温柔——你不能穿现在穿的夹克衫，要穿西服打领带，还要洒香水。你在我这里洗澡，但是要自带毛巾和浴衣……嘀里嘟噜说了一大堆，全是不合理的要求，简直要把人的肺气炸——看起来，和那寡妇做爱比到车站卸几车皮煤还要累。就我个人来说，我宁愿去车站卸煤。你猜好人怎么着？他默默地听完了，起身吻了寡妇一下，说：到下个星期一还有三天。就去忙他的事了。这就是好人真正令人感动之处：他帮助别人是天性使然，只要能帮人干点事，他就非常高兴，不管这事是什么，只要是好事他都做。这种境界非常的高，也是值得我们借鉴的。当然了，因为国情不同，我们的好人不一定也要和寡妇做爱……

这部电影的结尾是：好人从寡妇那里出来，开车到另一处做好事，半路上出了车祸，被卡车撞了，好人也就死了。好人总是没好报，这世界上一切好人电影都是这么结束的。我们的电影也是这样，所以就用不着借鉴了。

* 载于 1996 年 12 月 6 日《戏剧电影报》。

从 Internet 说起

我的电脑还没联网,也想过要和 Internet 联上。据说,网上黄毒泛滥,还有些反动的东西在传播,这些说法把我吓住了。前些时候有人建议对网络加以限制,我很赞成。说实在的,哪能容许信息自由地传播。但假如我对这件事还有点了解,我要说:除了一剪子剪掉,没有什么限制的方法。那东西太快,太邪门了。现代社会信息爆炸,想要审查太困难,不如禁止方便。假如我做生意,或者搞科技,没有网络会有些困难。但我何必为商人、工程师们操心?在信息高速网上,海量的信息在流动。但是我,一个爬格子的,不知道它们也能行。所以,把 Internet 剪掉罢,省得我听了心烦。

Internet 是传输信息的工具。还有处理信息的工具,就是各种个人电脑。你想想看,没有电脑,有网也接不上。再说,磁盘、光盘也足以贩黄。必须禁掉电脑,这才是治本。这回我可有点舍不得——大约十年前,我就买了一台个人电脑。到现在换到了第五台。花钱不说,还下了很多功夫,现在用的软件都是我自己写的。我用它写文章,做科学工作:算题,做统计——顺便说一句,用电脑来做统计是种幸福,没有电脑,统计工作是种巨大的痛苦。但是它不学好,贩起黄毒来了,这可是它自己作死,别人救不了它。看在十年老交情上,我为它说几句好话:早期的电脑是无害的。那种空调机似的庞然大物算起题来嘎嘎作响,没有能力演示黄毒。后来的486、586才是有罪的:这些机器硬件能力突飞猛进,既能干好事,也能干坏事,把它禁了罢……但现在要买过时的电脑,不一定能买到。为此,可以要求IBM给我们重开生产线,制造早期的PC机。洋鬼子听了瞪眼,说:你们是不是有毛病?回答应该是:我们没毛病,你才有毛病——但要防止他把我们的商务代表送进疯人院。当然,如果决定了禁掉一切电脑,我也能对付。我可以用纸笔写作,要算统计时就打算盘。不会打算盘的可以拣冰棍棍儿计数——满地拣棍儿是有点难看,但是——谢天谢地,我现在很少做统计了。

除了电脑,电影电视也在散布不良信息。在这方面,我的态度是坚定的:我赞成严加管理。首先,外国的影视作品与国情不符,应该通通禁掉。其次,国内的影视从业人员良莠不齐,做出的作品也多有不好的……我是写小说的,与影视无缘,只不过是挣点小钱。王朔、冯小刚,还有大批的影星们,学历都不如我,搞出的东西我也看不入眼，但他们可都发大财了。应该严格审查——话又说回来，把Internet上的通讯逐页看过才放行，这是办不到的；一百二十集的连续剧从头看到尾也不大容易。倒不如通通禁掉算了。"文化革命"十年，只看八个样板戏不也活过来了嘛。我可不像年轻人，声、光、电、影一样都少不了。我有本书看看就行了。说来说去，我把流行音乐漏掉了。这种乌七八糟的东西，应该首先禁掉。年轻人没有事，可以多搞些体育锻炼，既陶冶了性情，又锻炼了身体……

这样禁来禁去，总有一天禁到我身上。我的小说内容健康，但让我逐行说明每一句都是良好的信息，我也做不到。再说，到那时我已经吓傻了，哪有精神给自己辩护。电影电视都能禁，为什么不能禁小说？我们爱读书，还有不识字的人呢，他们准赞成禁书。好罢，我不写作了，到车站上去扛大包。我的身体很好，能当搬运工。别的作家未必扛得动大包……

我赞成对生活空间加以压缩，只要压不到我；但压来压去，结果却出乎我的想象。

海明威在《钟为谁鸣》里说过这个意思：所有的人是一个整体，别人的不幸就是你的不幸。所以，不要以为丧钟是为谁而鸣——它就是为你而鸣。但这个想法我觉得陌生，我就盼着别人倒霉。五十多年前，有个德国的新教牧师说：起初，他们抓共产党员，我不说话，因为我不是工会会员；后来，他们抓犹太人，我不说话，因为我是亚利安人；后来他们抓天主教徒，我不说话，因为我是新教徒……最后他们来抓我，已经没人能为我说话了。众所周知，这里不是纳粹德国，我也不是新教牧师。所以，这些话我也不想记住。

电视与电脑病毒

在美国时看电视,有些日子闹神,有些日子闹鬼。假如你打开电视机,看到所有的人都在唱歌,那一天准是圣诞节。所有的人都在唱"静静的夜、神圣的夜",有的频道上是乡村歌手,弹着吉他,有的频道是普普通通的一家人,围在炉边唱。还有的频道上甚至是帕瓦罗蒂本人,在一个大教堂里和一群唱诗班的童子一道,把所有该在这一天唱的歌都唱完才算完——看一天电视就可以把所有的宗教歌曲都听会。那一天是耶稣基督的诞生日。美国又是个基督教国家,我们外国人没什么可说的,倒是他们美国人自己在说:年年都是这一套,真是烦死了。美国人喜欢拿宗教开些玩笑,不是因为他们不虔诚,主要是因为老是这一套,他们觉得有点烦——好在一年就闹这一次。闹神的情况就是这样。还有的日子打开电视,满屏幕都是鬼。那些绿脸的鬼怪从坟里钻出来,龇着牙在街上走着,仿佛整个世界都是绿的——当然,那一天准是万圣节。对这一套老百姓早就烦死了,经常给报刊写信臭骂电视台,但他们就是不肯改。还有时屏幕上一片鲜红,有个面目狰狞的家伙手执大斧,在所有的频道上砍人,直砍到人头滚滚,血流成河。此时你怎么也想不起还有一个砍头节。找日历来看了才知道,那一天是十三号星期五,也就是"黑色星期五"。对于砍人头的电视片,多数美国人恨得要死,但电视台偏要放。他们的脑子被日历拘住了。大家都知道,有些计算机病毒是择日发作的,其中有一种就叫作"黑色星期五"。这一天真是不幸,电脑闹病毒,电视也闹病毒。美国人自己也是这么说的:赶上特别的日子,你休想看上像样的电视节目。

自从我回了中国,电视总算是不闹"黑色星期五"了。但它还是一阵一阵的,和有病毒的电脑颇有点像,中国电视台的编导脑子里也有本日历。有些日子所有的频道都在闹日本鬼子——当然,这些鬼子和汉奸最后都被抗日军民消灭了,但这不能抵偿我看到他们时心中的烦恶:有个汉奸老在电视屏幕上说,太君,地雷的秘密我打听出来了——混帐东西,你打听出什么了?从我十五岁开始,你一直说到了现在!还有些日子所有的频道都在引吭高歌,而且唱得都是没滋没味的。这和日历当然有关,有些日子是教师节,有些日子是老人节、儿童节。现在的节日甚多,差不多两个礼拜必有一个节日。假如把纪念日算上,几乎每天都有点说头。有个说头电视台就得有所表示,表示的结果往往是让人烦躁……

某一天成为节日或者纪念日都是有原因的，我和别人一样，对此不敢有分毫的不敬。六月一号是小朋友的节日。到了这一天电视台就不需费心安排节目，只管把平日没人看的儿童题材影片弄上去演。有些影片质量很次，有些则是过时的黑白片。大人看了不满意，编导可以说，今天是儿童节，为了孩子，您就忍着点罢。小孩不满意，则可以说：叔叔阿姨们特地给你安排了节目，亲爱的小朋友，你不要给脸不要脸哪。总而言之，各方面都交代得过去，还省了买好节目的钱。但是这样的儿童节目别指望小朋友会爱看。其实，儿童节的情况还算好的，到了我们的节日更糟。到了教师节，就唱些歌来歌唱人民教师，我当过很多年教师，但就是不爱听那些歌——连词带曲全都很糟。词曲作者写应景的作品，当然提不起精神。歌手们唱这种应景的歌也尽跑调儿——我看他们上台前连练都没练过。不练是对的,练这种绕嘴的歌会咬伤舌头。人民教师里教音乐的人听了这种歌准要哭：怎么教出这样的学生来了？以前我当教师,听见这种歌就起一身鸡皮疙瘩。现在不当了，鸡皮疙瘩起得倒少了……到了春节就要听相声，相声越来越不逗。还有那些犯贫的小品——平常的日子还可以不受这种罪……

对电视观众来说，幸运的是：不是每天都是节日和大的纪念日，在这些日子里可以指望看点好节目。对电视台的编导来说，不幸的也是：不是每天都是节日和纪念日，那一天他们必须给观众找点节目。我现在站在编导一方来说话——我们应该体谅电视台的难处。我认为，可以增加节日和纪念日的数目。举例来说，现在有儿童节、青年节、老人节，怎么没有中年节呢？要知道，中年人肩负着生活的重担。再比如说，现在有妇女节，为什么没有男人节呢？要知道，男人更需要关怀嘛。再说，打鬼子也不必等到抗战胜利五十周年，每年的"七七"和"八一五"都可以打他们。经过这样安排以后，可以做到每天都有一个题目，只要在这个题目之下，不管节目好坏都可以演。到了中年节，除了《人到中年》，似乎没什么可演的了，这就省得挑挑拣拣，年年都演它。我现在想不到有什么专以男人为题材的影片，那就更好。干脆什么都不演，电视台放假，在屏幕上放一条字幕：本台全体人员向全国所有的男同志致敬。有些计算机病毒闹起来就是这样：屏幕上冒出一行字来，就焊死了不动了……

有些电脑可能会染上某种择日发作的病毒，比如"黑色星期五""米盖朗奇罗"，这种病毒要好几年才发作一次，一台电脑也顶多染上一两种病毒。电脑病毒不可能时常发作，更不可能每天都发作。这理由很简单：电脑是买来用的，每天闹一次，这种破烂我们要它有何用处？相比之下，我发现大家对电视比电脑宽容得多。

* 载于1996年11月8日《戏剧电影报》，题为"电视与计算机病毒"。

电脑特技与异化

《侏罗纪公园》《玩具总动员》获得成功以后，电影中的电脑特技就成了个热门话题。咱们这里也有人炒这个题目，写出了大块文章，说电脑特技必然导致电影人的异化云云。我对这问题也有兴趣，但不是对炒有兴趣，而是对特技有兴趣。电脑做出的效果虽然不错，但还不能让我满意。听说做特技要用工作站，这种机器不是我能买得起的，软件也难伺候，总得有一帮专家聚在一起，黑天白日地干，做出的东西才能看。有朝一日技术进步了，用一台 PC 机就能做电影，软件一个人也能伺候过来，那才好呢。到了那时，我就不写小说，写点有声有色的东西。说句实在话，老写这方块字，我早就写烦了。有关文章的作者一定会惊呼道：连小说的作者（即我）也被异化了。但这种观点不值一驳。你说电脑特技是异化，比之搭台子演戏，电影本身才是异化呢。演戏还要化装，还不如灰头土脸往台上一站。当然上台也是异化，不如不上台。整个表演艺术都没有，这不是更贴近生活吗。说来说去，人应该弃绝一切科学、技术和艺术的进步，而且应该长一脸毛，拖条尾巴，见了人龇出大牙噢噢地叫唤——你当然知道它是谁，它是狒狒。比之人类，它很少受到异化，所以更像我们的共同祖先——猴子。当然，狒狒在低等猴类面前也该感到惭愧，因为它也被异化了。这样说来说去，所有的动物都该感到惭愧，只有最原始的三叶虫和有关批判文章的作者例外。

像这样理解异化的概念，可能有点歪批，但也没有把电脑科技叫作异化更歪。除了异化之外，还有个概念叫作同化，在生物学上指生物从外界取得养分，构造自己的机体。作为艺术家，我认为一切技术手段都是我们同化的目标。假如中国的电影人连电脑特技这样的手段都同化不了，干脆散伙算了。我希望艺术家都长着一颗奔腾的心，锐意进取。你当然也可以说，这姓王的被异化得太厉害，连心脏都成了电脑的 CPU。

说句老实话罢，我不相信有关文章的作者真的这么仇恨电脑。所有的东西都涨价，就是电脑在降价，它有什么可恨的呢。他们这样说，主要是因为电脑特技是外国人先搞出来，并且先用在电影上的。假如这种技术是中国人的发明，并且在我国的重点影片上首先采用，我就不相信谁还会写这种文章——资本主义国家弄出了新玩艺儿，先弄它一下。不管有理没理，态度起码是好的。有朝一日，上面有了某种精神，咱们的文章早就写了，受表扬不说，还赚了个先知先见之明。像这种事情以前也有过，但不是发生在中国，而是发生在早年的苏联；也不是发生在电影界，而是发生在物理学界。

当时爱因斯坦的相对论刚刚问世，有几位聪明人盘算了一下，觉得该弄它一下，就写几篇文章批判了一番。爱因斯坦看了觉得好笑，写了首打油诗作为回敬——批判文章我没看到，爱老师的打油诗是读过的。当然，等我读到打油诗时，爱老师和写文章的老师都死掉了。对于后者来说，未尝不是好事，要不别人见到时说他一句：批判相对论，你还是物理学家呢你。难免也会臊死。

我总觉得，未来的电影离不了电脑特技，正如今日的物理学离不了相对论，所以上面也不会有某种精神。当然，我也不希望有关作者被臊死。这件事没弄对，但总会有弄对的时候。

* 载于1997年4月3日《戏剧电影报》。

《祝你平安》与音乐电视

我很少看 MTV，但既看电视，总免不了会看见一些。最近看到了孙悦唱的 MTV《祝你平安》，心里有些疑惑，想借《演艺圈》的园地，求教于高明。照我看来，那是一首安慰失意情人的歌，对此不当再有其他解释了。孙悦唱得很好，歌也很好听。但画面就让人有点看不懂，看懂的地方又让人有气。

先说我不懂的地方。众所周知，MTV 的画面不一定有逻辑，好看就成。但我不懂的是导演的创意。这本是支爱情歌，却串进了女教师和聋哑学生。虽然弘扬主旋律、歌颂人民教师是好的，但却不是这么弘扬法……我老婆没看过这段 MTV，却会唱这歌，时不常对我来几句，以示柔情，但我总觉得她在说我是哑巴。这不就是搞串了吗？主旋律是主旋律，男女之情是男女之情，切不可这样胡串。再说，在片首孙悦打扮得像个小蜜，片中才出现了聋哑学生。假如不是我想象力过于丰富，这故事仿佛是说：有一聋哑学校的教师，丢下学生跑到深圳，傍上了大款，回过头来想想被丢下的学生，心中不忍——这歌就不叫"祝你平安"，该叫作"鳄鱼的眼泪"，因为真有良心就该回去教书。就算真有这样的事，也只是极个别的现象，没有普遍意义。

再说说我自以为看懂了的地方。片子结束时，出现了一个交通警，微笑着做准许车辆通行的手势。照我浅薄的理解，这是对歌曲名称的简单图示：警察同志让你过去，同时一笑，此乃祝你平安之意也——用这种手法来点题。但愿我理解错，因为把别人想得如此低能是有罪的。有个英文歌 *Crazy*，请这位导演来拍MTV，就要拍些疯子了，否则没法点题。《我的太阳》可以是这种拍法：请一漂亮女孩搂住陈佩斯，既有"我的"，又有"太阳"，太阳就是陈佩斯的脑袋。你肯定会同意，我的创意虽然直露，尚不如《祝你平安》的结尾那么直。要拍岳飞的《满江红》，就得去请食人族，否则不能"饥餐胡虏肉"。按照这种自然主义的逻辑，麦当娜的 *Like a Virgin* 该请观众看点什么？难道要请大家当一回大夫，去看那个东西？我们又不是妇科大夫，看了也看不懂……

明星与癫狂

笔者在海外留学时，有一次清早起来跑步，见到一些人带着睡袋在街头露宿。经询问，是大影星埃迪·摩菲要到这座城市来巡回演出，影迷在等着买票。摩菲的片子我看过几部，觉得他演得不坏。但花几十块钱买一张票到体育场里看他，我觉得无此必要，所以没有加入购票的行列，而是继续跑步，这样我就在明星崇拜的面前当了一回冷血动物——坦白地说，我一直是这样的冷血动物。顺便说一句，那座城市不大，倒有个很大的体育馆，所以票是富裕的，白天也能买到，根本用不着等一夜。而且那些人根本不是去等买票，而是终夜喝啤酒、放音乐、吵闹不休，最安静的人也在不停地格格傻笑，搞得邻居很有意见。凭良心说，正常人不该是这个样子。至于他们进了体育馆，见到了摩菲之后，闹得就更厉害，险些把体育馆炸掉了。所以我觉得他们排队买票时是在酝酿情绪，以便晚上纵情地闹。此种情况说明，影迷（或称追星族）是有计划、有预谋地把自己置于一场癫狂之中。这种现象并不少见，每有美式足球比赛，或是摇滚歌星的演唱会，就会有人做出这种计划和预谋。当时我很想给埃迪·摩菲写封信，告诉他这些人没见到他时就疯掉了，以免他觉得这么多人都是他弄疯的，受到良心的责备。后来一想，这事他准是知道的，所以就没有写。

现在我回到国内，翻开报纸的副刊，总能看到有关明星的新闻：谁和谁拍拖，谁和谁分手了，等等。明星做生意总能挣大钱，写本书也肯定畅销。明星的手稿还没有写出来就可以卖到几百万元，真让笔者羡慕不已。至于那文章，我认为写得真不怎样——不能和我崇拜的作家、也不能和我相比。在电视上可以看到影星唱歌，我觉得唱得实在糟——起码不能和帕瓦罗蒂相比（比我唱得当然要稍好一些，但在歌唱方面，笔者绝不是个正面的榜样），但也有人鼓掌。房地产的开发商把昂贵的别墅送给影星，她赏个面子收下了，但绝不去住，开发商还觉得是莫大的荣耀。最古怪的是在万人会场里挤满了人，等某位明星上台去讲几句话，然后就疯狂地鼓掌。这使我想起了"文革"初的某些场景。我相信，假如有位明星跑到医院去，穿上白大褂，要客串一下外科医生的角色，肯定会有影迷把身体献上任她宰割，而且要求不打麻药；假如跳上民航的客机要求客串机长，飞机上肯定挤满了把生死置之度外的影迷，至于她自己肯不肯拿自己的生命来冒险，则是另一个问题。总而言之，在我们这个社会里，也开始出现了针对明星的癫狂，表面上没有美国闹得厉害，实际上更疯得没底。这种现象使我陷入了沉思之中。

我认为明星崇拜是一种癫狂症，病根不在明星身上，而是在追星族的身上。理由很简单：明星不过是一百斤左右的血肉之躯，体内不可能有那么多有害的物质，散发出来时，可以让数万人发狂。所以是追星族自己要癫狂。追星族为什么要癫狂不是我的题目，因为我不是米歇尔·福科。但我相信他的说法：正常人和疯子的界线不是那么清楚。笔者四十余岁，年轻时和同龄人一样，发过一种癫狂症，既毁东西又伤人，比追星还要有害。所以，有点癫狂不算有病，这种癫狂没了控制才是有病。总的来说，我不反对这件事，因为人既有这样一股疯劲，把它发泄掉总比郁积着好。在周末花几十元买一张票，把脑子放在家里，到体育场里疯上一阵，回来把脑子装上，再去上班，就如脱掉衣服洗个热水澡，对身心健康有某种好处，也未可知。我既然不反对这种癫狂，也就不会反对这种癫狂的商业利用（叫作"明星制"罢？）。大众有这种需求，片商或穴头来操办，赚些钱，也算是公道。至于明星本人，在这些癫狂的场合出现，更没有任何可责备的地方。我所反对的，只是对这件事的误解。虽然有这种癫狂，大家并没有疯，这一点很重要。

如前所述，追星族常常有计划、有预谋地发一场癫狂，何时何地发作、发多久、发到什么程度、为此花费多少代价,都该由那些人自己来决定。倘若明星觉得自己可以控制这些人的癫狂,肯定是个不合理的想法,因为他把影迷当成了真的疯子。据报载,我国一位女影星晾台,涮了四川上万影迷,这些影迷有点发火了,这位女影星却说这些影迷不懂什么叫作明星制,还举了迈克尔·杰克逊为例,说这位男歌星涮了新加坡无数的歌迷,那些歌迷还觉得蛮开心云云。我以为女影星的说法是不对的。四川的影迷虽然没有新加坡的歌迷迷得那么凶,但迷到何种程度该由那些人自己来决定。倘若由你决定他们该达到哪个程度,人家就迷到什么程度,有这种想法就不正常。几年前就从报上看到有位男明星开车撞了人,不但不道歉,反要把受害者打一顿。显然,该男明星把受害者看作追星的影迷,觉得他该心甘情愿地挨顿揍,但后者有不同的看法,把他揪到警察那里去了。总而言之,用晾和揍的方法,让大家领略明星制的深奥,恐非正常人所为。最后的结论是:追星族不用我们操心,倒是明星,应该注意心理健康。

最后再来说点题外之语。国外(尤其是指美国,但不包括港台)对待影星的态度有两重性:既有冷静地欣赏其表演的一面,也有追星起哄的一面。大影星同时也是优秀的演员,演出了一些经典的艺术片。好莱坞的影业也玩闹起哄,但恐怕另有些正经的。他是个有城府的拳师,会耍花拳绣腿;但也另有真招,不让你看到。鉴于这种情形,我怀疑所谓"明星制",是帝国主义者打过来的一颗阴险的糖衣炮弹——当然我也没有任何凭据，只是胡乱猜测——香港的影业已经中弹了。你别看它现在红火，群星灿烂，但早晚要被好莱坞吃掉。不信你就拿两地的片子比比看。至于在大陆，首批中弹的是演员。现在有明星，但没有出色的表演，更没有可以成为经典的艺术片。假如我没理解错，这些明星还拿玩闹起哄当了真，当真以为自己是些超人。这个游戏玩到此种程度，已经过了，应该回头了。

* 载于 1995 年第 11 期《演艺圈》杂志。

另一种文化

我老婆原是学历史的"工农兵大学生"。大学三年级时，有一天，一位村里来的女同学在班上大声说道：我就不知道什么是太监！说完了这话，还作顾盼自雄之状。班上别的同学都跟着说：我也不知道，我也不知道。就我老婆性子直，羞答答地说：啊呀，我可能是知道的，太监就是阉人嘛。人家又说：什么叫作阉人？她就说不出口，闹了个大红脸。当时她是个女孩子，在大庭广众之下承认自己知道什么是太监、阉人，受了很大的刺激，好一阵子灰溜溜的，不敢见人也不敢说话。

但后来她就走向了反面，不管见到谁，总把这故事讲给别人听，末了还要加上一句恶毒的评论：哼，学历史的大学生不知道什么是太监，书都念到下水里去了！没有客人时，她就把这故事讲给我听。我听了二百来遍，实在听烦了。有一回，禁不住朝她大吼了一声：你就少说几句罢！人家是农村来的，牲口又不穿裤子——没见过阉人，还没见过阉驴吗！这一嗓子又把她吼了个大红脸，这一回可是真的受了刺激，恼羞成怒了，有好几天不和我说话。假如说，这话是说村里来的女同学知道太监是什么，硬说不知道，我自己也觉得过分。假如说，这话是说那位女同学只知道阉驴不知道太监，那我吼叫些什么？所以，我也不知自己是什么意思。不知道自己什么意思，但还是有点意思，这就是种文化呀。

依我之见，文化有两方面的内容：一种是各种书本知识，这种文化我老婆是有的，所以她知道什么是太监。另一种是各种暧昧的共识，以及各种可意会不可言传的精妙气氛，一切尽在不言中——这种文化她没有，所以，她就不知道要说自己不知道什么是太监。你别看我说得头头是道，在这后一方面我也是个土包子。我倒能管住自己的嘴，但管不住自己的笔。我老婆是乱讲，我是乱写。我们俩都是没文化的野人。

我老婆读过了博士，现在是社会学家，做过性方面的研究，熟悉这方面的文献——什么 homo、S/M，各种乱七八糟，她全知道。这样她就自以为很有学问，所到之处，非要直着脖子嚷嚷不可。有一次去看电影《霸王别姬》，演到关师父责打徒弟一场，那是全片的重头戏。整个镜头都是男人的臀部，关师父舞着大刀片（木头的）劈劈啪啪在上面打个不休，被打者还高呼："打得好！师父保重！打得好！师父保重！"相信大家都知道应该看点什么，更知道该怎么看。我看到在场的观众都很感动，有些女孩眼睛都湿润了。这是应该的，有位圈内朋友告诉我，导演拍这一幕时也很激动，重拍了无数次，直到两位演员彻底被打肿。每个观众都很激动，但保持了静默……大家都是有文化的。就是我老婆，像个直肠子驴一样吼了出来：大刀片子不够性感！大刀片子是差了点意思，你就不能将就点吗？这一嗓子把整个电影院的文化气氛扫荡了个干净。所有的人都把异样的目光投向我们，我想找个地缝钻进去，但没有找到。最近，她又闹着要我和她去看《红樱桃》。我就是不去，在家里好好活着，有什么不好，非要到电影院里去找死……这些电影利用了观众的暧昧心理，确实很成功。

国内的大片还有一部《红粉》。由于《霸王别姬》的前车之鉴，我没和老婆一起看，是自己偷着看的。这回是我瞎操心，这片子没什么能让她吼出来的，倒是使我想打瞌睡。我倒能理解编导的创意：你们年轻人，生在红旗下，长在红旗下，知道什么是妓女吗？好罢，我来讲一个妓女的故事……满心以为我们听到妓女这两个字就会两眼发直。但是这个想法有点过分。在影片里，有位明星刮了头发做尼姑，编导一定以为我们看了大受刺激。这个想法更过分：见了小尼姑就两眼发直，那是阿Q！我们又不是阿Q。有些电影不能使观众感到自己暧昧，而是感到编导暧昧，这就不够成功。

影视方面的情形就是这样：编导们利用"一切尽在不言中"的文化氛围，确实是大有可为。但我们写稿子的就倒了霉：想要使文字暧昧、可意会不可言传，就只好造些新词、怪词，或者串几句英文。我现在正犯后一种毛病，而且觉得良心平安：英文虽然难懂，但毕竟是种人话，总比编出一种鬼话要强一点罢。前面所写的 homo、S/M，都是英文缩写。虽然难懂，但我照用不误。这主要是因为写出的话不够暧昧，就太过直露，层次也太低。这篇短文写完之后，你再来问我这些缩写是什么意思，我就会说：我也不知道，忘掉了啊。我尤其不认识一个英文单词，叫作 pervert，刚查了字典马上就忘。我劝大家也像我这样。在没忘掉之前，我知道是指一类人，害怕自己的内心世界，所以鬼鬼祟祟的。这些人用中国话来说，就是有点变态。假如有个 pervert 站出来说：我就是个 pervert，那他就不是个 pervert。当且仅当一个人声称：我就不知道 pervert 是什么时，他才是个 pervert。假如我说，我们这里有种 pervert 的气氛，好多人就是 pervert，那我就犯了众怒。假如我说，我们这里没有 pervert 的气氛，也没有人是 pervert，那恰恰说明我正是个 pervert。所以，我就什么都不说了。

注：

homo=homosexual

S/M=sadist/masochist

＊载于 1996 年第 6 期《三联生活周刊》杂志。

同性恋成因问题

自一九八九年起，我和李银河开始一项对中国男同性恋的研究，首次发现了中国存在着大量的男同性恋者，存在着同性恋社群和同性恋文化。时隔五年，回顾这项研究，又有不少新的发现。发现之一，我把它叫作科学研究中的"花剌子模信使问题"。必须承认，这个问题的提出，和我们在研究中和研究后的一些遭遇有关。花剌子模是一中亚古国，当地的习惯是这样的：假如一名信使给君王带来了好消息，就可以升官；假如他带来的是坏消息，就要被杀头。所以将帅出征时，常把传送好消息的任务作为奖赏派给有功将士，把传递坏消息的任务作为惩罚派给有罪的人。从某种意义上说，做研究的人也像一个信使，我们从研究的对象那里获得信息，传递给公众。中国存在着广大的同性恋人群，这本身不像是个好消息，虽然这发现本身意义重大。因此我们在出书方面遇到了很多困难，还因为发表文章吃了一个红头文件。假如我们研究发展模式问题,或者民族团结问题,就会获得好评。当然,作为研究者或者信使,我们以为,传递了一个坏消息不能说明我们很坏。但是假如有人持有这种原始的思维方式,就无法和他争辩。

在做这个研究时,我们对同性恋的成因很是关心。当时对同性恋的成因尚无定论。大体上有先天与后天两说,主张后天说的代表人物是弗洛伊德,他强调恋母情结对同性恋形成有特别重要的意义。另一学派主张行为对同性恋成因的意义(男孩子玩娃娃)(贝尔)。主张先天说的主要是一些医生。现在看来,先天说取得了一些进展,有一些间接证据说明男同性恋者有母性遗传的基因缺陷。假如从事这方面研究的人不是同性恋者,就会有更大的说服力。他们那些人有一种倾向,希望证明同性恋是一种自然现象,觉得这样自己比较无辜。现在回顾起来,我们倾向于同性恋是一种文化现象,这样和我们的领域比较接近。现在看来,研究者往往受私心的左右,难以做到价值中立。这是不好的。顺便说一句,我不认为,假如同性恋是自然现象,对同性恋者本人就有什么光彩之处,文化现象不一定坏,自然现象也不一定好。但是我也很能理解同性恋者的苦心。

我的研究笔记上有大量的事例,证明男同性恋者有恋母情结。有一位调查对象说,他到八岁了还在吃母亲的奶。他清清楚楚地记得,他母亲怎样在摇着缝纫机,他怎样走过去,钻到母亲怀里,她解开衣襟,喂他吃奶,一面继续摇机器,等等。这些细节一般人不会记着的。像这类的例子,有半数以上的同性恋者都有讲述。就现象来说,非常显著。因为我们很希望证明同性恋是后天的,所以这些例子对我们有很大的诱惑力。不过也有些相反的例子:有几位同性恋者在三四十岁之前没有同性恋经历,一经尝试就一发而不可收拾。可以想见,假如不是有先天的倾向,人是不会这样的。我们在研究报告里对同性恋的成因取了一种折中态度,就是先天后天的原因都不能排除。现在看来,假如同性恋者有强烈的恋母情结,也可以是恋母情结所致。这个例子说明的是,在研究中发现显著的现象容易,断定因果难。恋母情结和同性恋显著地相关,但也不能断定它就是成因。

在社会学的专著中,假如有说某两件事相关,这是可信的。假如有说某两事有因果关系,十中有九靠不住,这是一种经验之谈。

* 生前未发表,根据硬盘文件整理。

李银河的《中国人的性爱与婚姻》

李银河博士的新书《中国人的性爱与婚姻》近日由河南人民出版社出版，即将与读者见面。本书运用社会学方法，对当代中国人在性爱与婚姻方面的行为与规范，做了充分的调查与分析，并对照国外同类研究的成果，做了跨文化的比较研究。全书以实证调查为基础，结论可靠；主题为全社会所关心，行文流畅，描述生动，故而既有学术性，又有可读性。

婚姻、家庭、性观念等等，既是社会学的重要研究题目，又是社会关心的热点。近年来，已有多种著述出现，其中有些文章出于记者作家的手笔，文辞华丽，行文生动，在唤起社会重视这类问题方面，有不可低估的贡献。美中不足之处在于对研究方法不大讲究，引征国外报道，又多根据非专业书刊。李银河博士受过严格的专业训练，在写作此书前，又做了系列调查，所以本书的出版，正好补这方面的不足。

社会科学与自然科学的共通之处,就在于对所研究之题目,要有超过常识、超过一般水平的了解。换言之,社会科学也是专门科学。如其不然,何须要有专业人材。专业人士讨论问题,当有自己的独特观点。本书述及各类社会现象,首先努力正确度量,以求准确,而后利用各种有定评的方法加以分析,最后所得结论,也不妄做价值判断。作者的目的,在于把可靠的研究结果披露于社会,把评判的权利交到读者手里。正如其他学科的学者所做的一样,大家对自己的研究成果,只是客观地报告。一个发现一经报道,就与研究者没有关系。它的正确与否,自有实践和别人来检定。专业作者只求别人知道他的发现,却不肯做努力去感动别人、震撼别人。发现的正确与否,与读者的情绪无关。这种着眼点的区别,读者在读了李博士的书后自会有所体会。

李博士的某些研究中,使用了社会统计学较新的方法,比如随机抽样、Log-Linear、Logit模型等。如今的读者在科学修养方面,已有很大提高。社会学方面的读者,这些知识自应掌握。而其他专业的读者,也不至于不能理解。因为作者相信,概率统计作为各学科的通用工具,已被很多人掌握。

在她的另一些研究中,采用了个案调查的方法。我国一位老一代社会学家说,社会学研究要出故事。因为人在社会上,有出生,有死亡,有婚丧嫁娶,有前因有后果,完全可以自圆其说。处于不同文化中的人可以互相了解,这就需要对各种文化给予不带偏见的完整说法。这也是所有的读者都爱看的。

社会科学与自然科学又有不同之处。社会科学所研究的对象，乃是人类社会，大家都在其中生活。社会科学研究的对象，不像自然科学那样，只有少数专业人士能够触及，而是人人有份。人对于人的认识，容易带有偏见。比如自我中心、文化中心主义等等。

我国的社会学，师承自现代人类学鼻祖马林诺夫斯基。遥想马翁当年，提倡走出书房，到天涯海角，跳出主流文化的圈子，那是何等的胸襟。人类是一个整体，是所有的人，大多数的人不等于人类全体。但是我们所知的往往只是我们所处的文化，和我们一样的人，并在不知不觉中把这看成人类全体。这样的看法是不完全的。当年孟夫子说：杨朱利己，是无君也；墨子兼爱，是无父也；无君无父，是禽兽也。这种说法把某些人视为非人动物，实在有失公允。

李银河博士的书中，对于在性爱、婚姻等方面处于非主流文化中的人给予一定的重视。比如对于自愿不育者、同性恋者、独身者、离婚者等，都有专章述及。这绝不是为了猎奇，也不是对上述人士的做法表示同意，而是出于社会学、人类学的一贯态度。我国的传统文化中，有所谓推己及人之说，于是中国人仿佛只有一种文化，所有的人只有一种行为方式。其实不同的亚文化始终存在，只不过我们一贯对此视而不见而已。

总禁不住要给实证的研究做辩护，其实可能是多余的。在报刊上看到有人抨击不生育文化，说不宜提倡。李博士谈到同性恋文化，要是有人说她提倡同性恋就坏了。社会学研究同性恋文化，仅仅因为它是存在的东西。我们说的文化，属于存在的论域，跟提倡没关系。实证的科学，研究的全是已存在的事。不管同性恋可不可提倡，反正它是存在的，因为有人在搞同性恋。假如只研究可提倡的东西，恐怕我们研究的事，大半都属虚无，而眼前发生的事倒大半不知道。

当然这本书里说到的绝不止是同性恋。像择偶标准、浪漫爱、婚姻支付、青春期恋爱等题目，就与更大范围的人有关系。作者的研究对于婚姻性爱方面的各种观念、各种亚文化，都给予重视。也希望读者对于除自己所持的观念、所处的文化之外，别人的观念和文化也有所了解。这正是现代社会学、人类学所希冀于社会的。

* 收录于河南人民出版社1991年版《中国人的性爱与婚姻》，李银河著。

《他们的世界》序

当我们对我国的同性恋现象进行研究时，常常为这样的问题所困扰：你们为什么放着很多重大问题不去研究，而去研究同性恋？假如这种诘难来自社会学界同仁，并不难答复。正文中将有专门的章节讨论做同性恋研究的原因。难于答复的是来自一般人的诘难。故此这个问题又可以表述为：你们作为社会学者，为什么要研究同性恋？回答这个问题的困难并不在于我们缺少研究同性恋的理由，而在于我们缺少做出答复的资格。众所周知，只有一门科学中的出类拔萃之士，才有资格代表本门科学对公众说话。

然而我们又不得不做出解释。我们做这项研究所受到的困扰，不只是诘难，而且在于，社会中有一部分人不赞成研究同性恋。毛泽东曾说，对牛弹琴，如果去掉对听琴者的藐视，剩下的就只是对弹琴者的嘲弄。虽然如此，我们仍不揣冒昧，不惧嘲弄，要对公众陈述社会学和人类学的立场，以及根据这样的立场，对同性恋的研究为什么必不可少。

半个世纪以前,在文化人类学中处于泰山北斗地位的马林诺夫斯基为费孝通所著的《江村经济》一书作序时,对费孝通的工作给予极高的评价。马林诺夫斯基认为,这本书的最大优点在于,它是一个土生土长的人在本乡人民中进行观察的结果。正因为有这样的特点,所以它是一个实地调查者最珍贵的成就。

费孝通的研究对象是一个社区,包括了社区生活的每一个方面。这样的研究在深度和研究方法等方面,与我们的研究有很大不同。但是这项研究中有一些宝贵的经验,值得我们汲取。这就是,作为土生土长的人,对熟悉的人群做实在的观察,不回避生活的每一个侧面。这种实在的作风乃是出于以下的信念:"真理能够解决问题,因为真理不是别的而是人对真正的事实和力量的实事求是。"站在这种信念的对立面的,是学院式的装腔作势,是"以事实和信念去迎合一个权威的教义"。于是如马林诺夫斯基所言,"科学便被出卖了"。

我们发现,在社会科学的出发点方面,有两种对立的立场:一种是说,科学在寻求真理,真理是对事实的实事求是;另一种则说,真理是由一种教义说明的,科学寻求的是此种真理正大光明的颂词。一种说,科学不应屈服于一种权威的教义;另一种说,科学本身就是权威的教义。一种说,不应出卖科学;一种则说,不存在出卖的问题,它自从出世,就在买方手中。一种说,在科学中要避免学院式的装腔作势;另一种则说,科学本身不是别的,恰恰就是学院式的装腔作势。一种说,科学是出于求知的努力,是永不休止的学习过程;另一种则认为,科学原质是天生所有的,后天的求学乃是养浩然正气,凡有助于正气的,可以格致一番,而不利于正气的,则应勿视勿听,以求达到思无邪的境界。

站在前一种立场上,我们认为,中国的同性恋现象是一种真正的事实,不能对它视而不见,必须采取实事求是的态度。这个研究的唯一目的,就是想知道中国现有的同性恋群体是什么样子的。而站在后一种立场上,我们会发现自己是发疯了。这种研究不风雅,也难以学院式的口吻来陈述。最主要的是,在这项研究中,不能够直接表现出我们社会中居于主导地位的意识形态是多么的正确和伟大。

这后一种立场,我们称之为"意识形态中心主义"。从这一立场出发所做的研究,只是为了寻求来自意识形态方面的好评,故而它是按照可能得到好评的程度来构造研究的方向和结果的。从事这种研究,因为预知了的结果,同手淫很相似。一个男人在手淫之先,就预知结果是本人的射精。然而这不妨碍手淫在他的想象中有声有色地进行,这是因为有快感在支持。对于从意识形态中心主义立场出发的研究来说,来自意识形态方面的好评就具有快感的意味。然而,这种活动绝对不会产生任何真正的果实。

在说明了这一点之后,就可以对公众说明我们研究同性恋的初衷了。我们是真诚的求知者，从现存的事实看，同性恋现象无论如何也是值得研究的。以保守的估计来说，同性恋者至少占总人口的百分之一，这肯定够上了必须加以研究的规模。同性恋活动影响到家庭和社会关系的各个方面，其影响因此超过了百分之一的规模。中国的男同性恋者多是要结婚的，必然对女性的婚姻生活有重大影响。上述任何一条，都成立为研究的理由。

此外，还有一个理由，就是弗罗姆倡导的人文主义立场。他说过，马林诺夫斯基也说过，科学的价值在于为人类服务。我们不能保证每次研究都有直接的应用价值，但应保证它们都是出于善良的愿望。我们在做同性恋研究时，也对他们怀有同样的善良愿望，希望对他们有所帮助，而不是心怀恶意，把他们看作敌对的一方。我们始终怀着善意与研究对象交往。这种立场，我们称之为科学研究的善良原则。

以上所述，可以概括为科学研究的实事求是原则、反意识形态中心主义原则和善良原则，这些原则就是我们研究同性恋的出发点和最终目的。在正文开始之前，略加陈述，以期求得读者的共鸣，是为序言。

* 收录于山西人民出版社1992年版《他们的世界》，李银河、王小波著。

《他们的世界》跋

在描述和讨论了中国的男同性恋现象之后,我们发现,在这个社会中,有如此庞大的一个人群和如此重要的一些事实,曾被完全忽略了。以人的视力来比方的话,这个社会的视力在人们生活中的某些方面几近全盲,虽然在其他方面它的视力是非常之好的。这就引起了我们的恐慌:假如它的视力有如此之大的缺陷,谁能保证它没有看漏别的什么更重要的事情?在我们这个社会里,谁知道还有如此巨大而被人们视而不见的东西?

其实,同性恋这件事意义就非同小可。假如你是一位妇女,又不幸嫁给了同性恋者,也许就会遇上冷漠、疏远、没有性生活,却完全不知道是因为什么,也许一生的幸福会因此而报销。谁能够说,这样的事还不算严重?在我们的研究中,这样的妇女是有的。她们既不知道有同性恋这样的事,也不知道丈夫是同性恋者,还以为世上所有的男人全是这样,因此也不会抱怨什么。于是,我们认为很严重的事，她却以为不严重。可是一旦她知道了这件事的内情，定然会勃然大怒，以为受了愚弄。

我们举这样的例子，不是要谴责同性恋者，而是要说明我们做此研究的本意。我们不认为自己已经完全说明了中国当代同性恋现象的全貌，但是假若我们真的做到了这一点，必然会有人认为，我们揭开了社会的疮疤，引起了不必要的麻烦，这是因为我们把被愚弄而不自知的平静，转化成自觉被愚弄的痛苦。其实这种指责是没有道理的——因为这疮疤早早揭开的话，就不会有受愚弄的人。

就整体而言，这个研究的出发点是对这个社会视力缺陷的忧虑，以青蛙的视力来打比方，青蛙的视力也有类似的缺陷。它能够看到眼前飞过的一只蚊虫，却对周围的景物视而不见，于是在公路上常能看见扁平如煎饼的物体，它们曾经是青蛙。它们之所以会被车轮轧到如此之扁，都是因为视觉上的缺陷。

尽管我们这个社会已经存在了非常之久，但它对人类本身一些最基本的方面还一无所知。我们必须承认，我们还不知道，为什么农民非要生很多孩子不可，假如要他们自愿少生一些，应该用什么办法。我们也不知道，为什么大多数中国人宁愿在婚丧嫁娶方面花很多钱，却不肯用来改善生活。像这样的事情多得数不过来。从社会学角度来说，我们没有好的假设可供检验；从人类学角度来说，我们对这些人的生活尚缺乏根本的了解。假如不了解这些事,恐怕有一天我们会被轧得非常之扁。

同性恋研究给我们以这样的启示:倘若生活中存在着完全不能解释的事,那很可能是因为有我们所不知道的事实,而不知道的原因却是我们并不真正想知道。比如我们以前不知道同性恋的存在,是因为我们是异性恋;我们不知道农民为什么非生很多孩子不可,是因为我们是城里人。人类学和社会学告诉我们的是:假如我们真想知道,是可以知道的。

* 收录于山西人民出版社 1992 年版《他们的世界》,李银河、王小波著。

关于同性恋问题

从一九八九年开始,我们做了一个对中国男同性恋的研究,几经波折,终于得到了对于一个研究者来说圆满的结果——发表了研究报告,并且写了一本书,叫作《他们的世界》。从社会学的角度来看,这本书有一些显著的缺点,也有一些显著的优点。优点在于首次发现了在中国大陆也存在着广泛的男同性恋群体,并且存在着一种同性恋文化——我们说的文化是文化人类学意义上的,指一个群体内全体成员共有的信息,具体来说,指关于同性恋活动场所、相互辨认的方式、绰号、圈子内的规范等知识。我们对这种文化做了比较细致的调查,描述了其内容。这是一种科学上的发现。

这本书的缺点在于没有按统计学的要求来抽样,故而所得的结果不能做定量的推论。我们的调查对象都是性格外向的勇敢分子,他们只是全部同性恋者中的一部分,其他人的情形是他们转述的，所以由此得到的结论可能会多少有些偏差。

一些人带有固定的同性恋倾向，不管他知不知道有同性恋这件事，或者是否经历过同性恋行为，这种倾向始终存在。因为有了这种倾向，一旦他开始同性恋行为，就不能或者很难矫正过来。而没有这种倾向的人，可能会在青少年时期涉及同性恋活动，等到成年以后，却会发生变化，憎恶这种活动。现在看来，这种倾向很可能是遗传的，或者说是先天的。但也有可能是在童年养成的——我们发现它和初次性经历有很大关系。一件有趣的事是，世界各地的人，不论其种族、文化、宗教，都有一定比例的人带有这种倾向。我们说的同性恋者，就是指这样的人。现有的资料说明，终身的绝对男同性恋者占男性人口的百分之一到百分之十，我们的研究证实了这种说法。仅从我们发现同性恋人群的规模来看，肯定超过了男性人口的百分之一，但是到底有多少，却无法确知。假如你有个孩子惯用左手，你可以禁止他用左手写字、用左手拿筷子，但是他的左手毕竟是较灵活的手。这种情形和同性恋的情形是一样的。一个有同性恋倾向的人可能没有机会经历同性之间的性生活，但是他始终渴望这种性生活。我们的观点是：应该把这种现象当作自然现象来看，虽然它的形成过程可能与童年的生活环境这类社会文化因素有关。

我们在调查中发现，中国的大中城市都有同性恋人群，他们在一些公共场所相互辨认、攀谈，找到自己中意的人后发生性关系。

但是在这种场合活动的人,只是男同性恋者的一部分。更多的人在自己周围寻找性爱的对象。在后一种情形下,涉及到的人就不一定纯然是同性恋者。有些与常人无异的年轻人会在无意中同一位同性恋者交上朋友,加之本人尚未结婚,就很难说是完全自愿,也很难说是完全不自愿地参与了同性间的性生活。这说明同性恋者和异性恋者是不能仅仅从行为上区分的,真正的分界是看某人在同性恋和异性恋这两种性生活方式中选择哪一种。我们说男同性恋者占男性人口的百分之一到百分之十,是指终身的绝对同性恋者。只是偶尔(一两次或某段时间)参与同性恋活动的境遇型同性恋不计。除此之外,我们对同性恋者的生活、同性恋的成因以及同性恋者的价值观念等等做了研究和描述。这些在书里都写了,不再赘述。在此主要分析一下与同性恋有关的伦理问题,这是我们在书里没有谈到的。

一个人的成长大体受到三种力量的左右:他父母的意愿、他的际遇、他本人的意愿。而一个人成为同性恋者不是因为父母的意愿,也不是他自己的决定,而是一种际遇。就算这是遗传决定的,一个人带有何种遗传因子,对他自己也是一种际遇罢。既然这不由他本人决定,同性恋就不是一种道德或者思想问题。我们想这一点是很重要的。同性恋者像其他人群一样有些负面的现象,比如喜新厌旧、对恋爱对象不忠诚、对妻子家人隐瞒自己的真实性倾向等等,这些或者可以说是思想或者道德问题,有一些具体的人应当为此负责任。但不该让全体同性恋者为此负责。

没有人愿意自己的孩子长成一个同性恋者，包括同性恋者本人在内。这是因为同性恋者在我们这个社会中会遇到比常人不利的成长环境。这种愿望无可非议，但是现在举不出什么可靠的方法可以防止孩子成为同性恋者。发现孩子有同性恋倾向，也没有可靠的办法矫正。

不久前，在一个会议上听到一种说法，把同性恋称为"社会丑恶现象"，列入了应当根除之列。在惊愕之余，我们也感觉到一些人对我们的社会期望之高。假如我们这个社会是一片庄稼地的话，这些同志希望这里的苗整齐划一，不但没有杂草，而且每一棵苗都是一样的，这或许就是那位以同性恋为"丑恶现象"的人心目中的"美丽现象"罢。不幸的是，人的存在是一种自然现象，而不是某种意志的产物。这种现象的内容就包括：人和人是不一样的，有性别之分、贤愚之分，还有同性恋和异性恋之分，这都是自然的现象。把属于自然的现象叫作"丑恶"，不是一种郑重的态度。这段话的意思说白了就是这样的：有些事原本就是某个样子，不以人的意志为转移。

现在我们都知道纳粹分子对犹太人犯下了滔天罪行，但是知道他们对同性恋者也犯下了同样的罪行的人就少了。这是因为犹太人在道德上比较清白无辜，同性恋者在多数人看来就不是这样的，遇到伤害以后很少有人同情，故而处于软弱无力的境地。我们的好几位调查对象就曾受敲诈、遭殴打,事后也不敢声张。有一个形容缺德行为的顺口溜:打聋子骂哑巴扒绝户坟——现在可以给它加上一句:敲诈同性恋。打聋子缺德,是因为他不知你为何打他,也就不知该不该还手;骂哑巴缺德,是因为他还不了口;扒绝户坟缺德,是因为没有他的后人来找你算帐;敲诈同性恋缺德,是因为他不敢报案。这四种行为全在同一水平线上。照我们的看法,这才是"丑恶现象",应当加以根除。一个现象是否丑恶,应当由它的性质来决定,而不是由它是针对什么人来决定。

国外不少社会学同仁都在做这方面的工作——了解那些在社会中处于不利地位的人群,如娼妓、同性恋者、少数民族,甚至与男性相比之下处于不利地位的全体女性,帮助他们改善生存环境,改变于人于己有害的行为方式,以便得到更好的生活。虽然我们研究同性恋现象的主要目的是为了发现事实,但同时也希望通过我们的调查研究,使公众对这个社会的许多不为人知的方面有所了解,并持一种更符合现代精神的科学态度。

* 载于1994年第1期《中国青年研究》杂志,题为"关于中国男同性恋问题的初步研究"。

有关同性恋的伦理问题

一九九二年,我和李银河合作完成了对中国男同性恋的研究之后,出版了一本专著,写了一些文章。此后,我们仍同研究中结识的朋友保持了一些联系。除此之外,还收到了不少读者的来信。最近几年,虽然没有对这个问题做更深的研究,但始终关注着这一社会问题。

从一九九二年到现在,关注同性恋问题的人已经多起来。有不少关于同性恋的研究发表,还有一些人出来做同性恋者的社会工作,我认为这是非常好的事情。当然,假如在艾滋病出现之前就能有人来关注同性恋的问题,那就更好一些。据我所知,因为艾滋病流行才来关注这个问题,是件很使同性恋者反感的事情。我们的研究是出于社会学方面的兴趣,这种研究角度,调查对象接受起来相对而言比较容易些。

做科学研究时应该价值中立,但是作为一个一般人,就不能回避价值判断。作为一个研究者，可以回避同性恋道德不道德这类问题，但作为一个一般人就不能回避。应该承认，这个问题曾经使我相当地困惑，但是现在我就不再困惑。假定有个人爱一个同性，那个人又爱他，那么此二人之间发生性关系，简直就是不可避免的。不可避免，又不伤害别人的事，谈不上不道德。有些同性恋伴侣也会有很深、很长久的关系，假如他们想要做爱的话，我想不出有什么理由要反对他们。我总觉得长期、固定、有感情的性关系应该得到尊重。这和尊重婚姻是一个道理。

这几年，我们听到过各种对同性恋的价值判断，有人说：同性恋是一种社会丑恶现象，同性恋不道德，等等。因为我有不少同性恋者朋友，他们都是很好的人，我觉得这种指责是没有道理的，所以这些话曾经使我相当难过。但现在我已经不难过了。这种难过已经变成了一种泛泛的感觉：在我们这里，人对人的态度，有时太过粗暴、太不讲道理。按现代的标准来看，这种态度过于原始——这可能是传统社会的痕迹。假如真是这样，我们或许可以期望将来情况会变得好些。

我对同性恋者的处境是同情的。尤其是有些朋友有自己的终身恋人，渴望能终身厮守，但现在却是不可能的，这就让人更加同情。不管是同性恋，还是异性恋，对爱情忠贞不渝的人总是让人敬重。但是同性恋圈子里有些事我不喜欢，那就是有些人中间存在的性乱。和不了解的人发生性关系，地点也不考究；不安全、不卫生，又容易冒犯他人。国外有些同性恋者认为，从一而终，是异性恋社会里的陈腐观念，他们就喜欢时常更换性伴。对此我倒无话可说。但一般来说，性乱是社会里的负面现象，是一种既不安定又危险的生活方式。一个有理性的人总能相信，这种生活方式并不可取。

众所周知，近几年来人们对同性恋现象的关注，是和对艾滋病的关注紧密相联的。但艾滋病和男同性恋的关联，应该说是有很大偶然性的。国外近几年的情况是：艾滋病的主要传播渠道不再是男同性恋，它和其他性传播疾病一样，主要在社会的下层流传。这是因为人们知道了这种病是怎么回事，素质较高的人就改变自己的行为方式来预防它。剩下一些素质不高的人，才会患上这种病。没有钱、没有社会地位、没有文化，人很难掌握自己的命运。我倒以为，假如想要防止艾滋病在中国流行，对于我国的流浪人口，不可掉以轻心。

艾滋病发现之初，有些人说：这种病是上帝对男同性恋者的惩罚；现在他们该失望了——不少静脉吸毒者也得了艾滋病。我觉得人应该希望有个仁慈的上帝，指望上帝和他们自己一样坏是不对的。我知道有些人生活的乐趣就是发掘别人道德上的毛病，然后盼着人家倒霉。谢天谢地，我不是这样的人。

鉴于本文将在医学杂志上发表，"医者父母心"，一种人文的立场可能会获得更多的共鸣。我个人认为，享受自己的生活对任何人来说都是头等重要的事。性可以带来种种美好的感受，是人生最重要的资源。而同性恋是同性恋者在这方面所有的一切。就我所知，医学没有办法把同性恋者改造成异性恋者——我猜这是因为性倾向和人的整个意识混为一体——所谓矫治，无非是剥夺他的性能力。假如此说属实，矫治就没什么道理。有的人渴慕异性，有些人渴慕同性，但大家对爱情的态度是一样的，歧视和嘲笑是没有道理的。历史上迫害同性恋者最力者，或则不明事理，或则十分偏执——我指的是中世纪的某些天主教士和纳粹分子——中国历史上没有迫害同性恋的例子，这可能说明我们的祖先既明事理，又不十分偏执，这种好传统应该发扬光大。我认为社会应该给同性恋者一种保障，保护他们的正当权益。举例来说，假如有一对同性恋者要结婚，我就看不出有什么不可以。

至于同性恋者，我希望他们对生活能取一种正面的态度，既能对自己负责，也能对社会负责。我认识的一些同性恋者都有很高的文化素质、很好的工作能力。我总以为，像这样一些朋友，应该能把自己的生活弄得像个样子。我是个异性恋者，我的狭隘经验是：能和自己所爱的女人体面地出去吃饭，在自己家里不受干扰地做爱比较好。至于在街头巷尾勾个性伴，然后在个肮脏地方瞎弄几下是不好的。当然，现在同性恋者很难得到这样的条件，但这样的生活应该是他们争取的目标。

摆脱童稚状态

在李银河所译约翰·盖格农《性社会学》一书中，第十七章"性环境"集中叙述了美国对含有性内容的作品审查制度的变迁，因而成为全书最有神采的一章。美国在二次大战前对"色情作品"的审查是最严的，受到打击的绝不止真正的色情作品。就以作家为例，不但海明威、雷马克有作品被禁，连最为"道学"的列夫·托尔斯泰也上了禁书榜。在本世纪二十年代，美国的禁书榜上不但包括了乔伊斯的《尤利西斯》、劳伦斯的《恋爱中的女人》等等，拉伯莱斯的《阿拉伯之夜》和雷马克的《西线无战事》也只能出节本。事有凑巧，我手上正好有一本国内出版的《西线无战事》，也是节本，而且节得上气不接下气。这种相似之处，我相信不仅仅是有趣而已。以前我们谈到国内对书刊、影视某些内容过于敏感时，总是归因于中外国情不同，社会制度不同，假如拿美国的二十年代和现在中国做个对比，就很容易发现新的线索。

自一次大战后，美国对色情作品的检查呈稳步上升之势。一方面对性作品拼命压制，一方面严肃文学中性主题不断涌现，结果是从联邦到州、市政府开出了长得吓人的禁书书单。遭难的不只是上述作家，连圣经和莎翁的戏剧也只能通过节本和青少年见面。圣经抽掉了《雅歌》，莎翁抽掉了所谓猥亵的内容，结果是孩子们简直就看不明白。当然，受到限制的不仅是书刊，电影也没有逃出审查之网。在电影里禁止表现娼妓、长时间的做爱，禁止出现裸体、毒品、混血儿（!!）、性病、生育和嘲笑神职人员的镜头。

当时严格的检查制度有其理论，这种理论认为一切对性的公开正面（非谴责性）的讨论都会导致性活动的泛滥，因为性知识是性行为的前兆。这就是说，性冲动是强大的，一受刺激就会自动表达出来。与此相辅相成的是另一个理论：性是危险的，人是薄弱的，必须控制性来保护人。这种观点和时下主张对文学作品严加控制的观点甚是相似。在我们国家里，现在正有人认为青少年的性犯罪和书籍、录像带有关系；还有一些家长反映孩子看了与性有关的书刊，影响了学习，因此主张对有性内容的书刊、录像严加限制。

但是在我看来，像这样的观点因为是缺少科学训练的人提出的，多少总有点混乱不清的地方。比方说二十年代美国这种理论，在科学上我们只能承认它是一种假设，必须经过验证才能成立；而且它又是一种最糟不过的假设，定义不清，以致无法设计一种检验方法。我在报刊上看到一些统计数字，指出有多少性犯罪的青少年看过"不良"书刊或者黄色录像带，但是这样立论是错误的。实际上有效的立论应是指出有多少看过"不良"书刊的青少年犯了罪。在概率论上这是两个不同的反验概率，没有确定的关系，也不能够互相替代。至于家长说孩子看了与性有关的书刊，影响了学习，实际上是提出了一个因果模型——"看某些书刊→影响学习"。有经验的社会学家都会同意，建立一个可靠的因果模型是非常困难的。就以前述家长的抱怨为例，首先你要证明，你的孩子是先看了某些书刊，而后学习成绩才下降的；其次你要证明没有一个因素既影响到孩子看某种书，也影响到孩子的学习。我知道有一个因素要影响到这两件事，就是孩子的性成熟。故而上述家长的抱怨不能成立。现在的孩子营养好，性成熟早，对性知识的需求比他们的父母要早。据我所知，这是造成普遍忧虑的一个原因。假如家长只给他们馒头和咸菜吃，倒可以解决问题（使其性成熟期晚些到来）。以上论述要说明的是，关于色情作品对青少年的腐蚀作用，公众从常识的观点得出的结论和专家能做出的结论是不一样的。倘非如此，专家就不成其为专家。

当然，人们给所谓色情作品定下的罪名不仅是腐蚀青少年，而且是腐蚀社会。在这方面书中有一个例子，就是六十年代的丹麦实验。一九六七年，丹麦开放了色情文学（真正的色情文学）作品，一九六九年开放了色情照片，规定色情作品可以生产，并出售给十六岁以上的公民。这项实验有了两项重要结果：其一是，丹麦人只是在初开禁时买了一些色情品，后来就不买或是很少买，以致在开禁几年后，所有的色情商店从哥本哈根居民区绝迹，目前只在两个小小的地区还在营业，而且只靠旅游者生存。本书作者对此的结论是："人有多种兴趣，性只是其中的一种，色情品又只是其中一个小小的侧面。几乎没有人会把性当作自己的主要生活兴趣，把色情品当作自己的主要生活兴趣的人就更少见。"

丹麦实验的第二个重大发现是色情业的开放对某些类型的犯罪有重大影响。猥亵儿童发案率下降了百分之八十，露阴癖也有大幅度下降。暴力污辱罪（强奸、猥亵）也减少了，其他犯罪数量没有改变。这个例子说明色情作品的开放会减少而不是增加性犯罪。笔者引述这个例子，并不是主张什么，只是说明有此一事实而已。

美国对色情作品的审查浪潮在二次大战后忽然退潮了。本书作者的观点是：这和美国从一个保守的、乡村为主的单一清教国家，转变成了多元的国家有关。前者是反移民、反黑人、反共、排外的，社会掌握在道德警察手里；后来变成了一个都市化、工业化的社会，那种严格检查的背景就不存在了。这种说明对我们甚有意义，我们国家也是一个以乡村为主的国家。至于清教传统，我们没有过。清教徒认为人本性是恶的，必须加以限制。我们国家传统哲学认为人性本善，但是一到了"慕少艾"的年龄，他就不再是好东西了。

所以对于青春期以后的人，两边的看法是完全一样的。本书作者给出了一个美国色情开放程度的时间表，在此列出，以备参考：

早于四十年代：任何女性的裸体或能引起这类联想的东西，包括掀起的衣裙、乳头的暗示，都属禁止之列；

四十年代：色情杂志上出现裸女背影；

五十年代：乳房的侧影；

六十年代：出现乳头，《花花公子》杂志上出现女性阴部；

七十年代：男性生殖器出现在《维瓦》和《花花女郎》杂志上，女性的阴唇出现在《阁楼》和《花花公子》杂志上。

每当杂志走得更远时，审查员就大声疾呼，灾难就要降临；但是后来也没闹什么灾。所以这些人就落入了喊"狼来了"那个孩子的窘境。

《性社会学》这本书里把对影视出版的审查，看作一种性环境。这种审查的主要目标是色情作品，所以含有性内容的严肃作品在这里只是被"捎带"的。所谓严肃作品，在我看来应该是虽然写到了性，但不以写性为目的的作品。这其中包括了以艺术上完美为目标的文学、影视作品，社会学、人类学的专业书，医学心理学的一部分书。据我所知，这类作品有时会遇到些麻烦。从某种意义上讲，严肃的作家、影视从业人员也可以算作专家，从专家的角度来看审查制度，应该得到什么样的结论呢？

改革开放之初，聂华苓、安格尔夫妇到中国来，访问了我国一批老一代作家。安格尔在会见时问：你们中国的作品里，怎么没有写性呢？性是生活中很重要的事呀。我国一位年长的作家答道：我们中国人对此不感兴趣！这当然是骗洋鬼子的话，实际情况远非如此。但是洋鬼子不吃骗，又问道：你们中国有好多小孩子，这是怎么一回事？这句话的潜台词就是这些孩子不是你捏着鼻子、忍着恶心造出来的罢。当然，我们可以回答：我们就是像吃苦药那样做这件事！但是这样说话就等于承认我们都是伪君子。事实上性在中国人生活里也是很重要的事，我们享受性生活的态度和外国人没有什么不同。在这个方面没必要装神弄鬼。既然它重要，自然就要讨论。严肃的文学不能回避它，社会学和人类学要研究它，艺术电影要表现它。这是为了科学和艺术的缘故。然而社会要在这方面限制它，于是，问题就不再是性环境，而是知识环境的问题了。

《性社会学》这本书描述了二十年代美国是怎样判决淫秽书的：起诉人从大部头书里摘出一段来，念给陪审员听，然后对他们说：难道你希望你们的孩子读这样的书吗？结果海明威、劳伦斯、乔伊斯就这样被禁掉了。我不知道我们国家里现在有没有像海明威那样伟大的作家，但我知道假如有的话，他一定为难以发表作品而苦恼。海明威能写出让起诉人满意的书吗？不能。

我本人就是个作者。任何作者的书出版以后，会卖给谁他是不能够控制的。假如一位严肃作家写了性，尽管其本心不是煽情、媚俗，而是追求表达生活的真谛，也不能防止这书到了某个男孩子手里，起到手淫前性唤起的作用。故此社会对作家的判决是：因为有这样的男孩子存在，所以你的书不能出。这不是太冤了吗？但我以为这样的事还不算冤，社会学家和心理学家比他还要冤。事实上社会要求每个严肃作家、专业作者把自己的读者想象成十六岁的男孩子，而且这些男孩似乎还是不求上进、随时要学坏的那一种。

我本人又是个读者，年登不惑，需要看专业书，并且喜欢看严肃的文学书，但是市面上只有七十二个故事的《十日谈》、节本《金瓶梅》，和被宰得七零八落的雷马克，还有一些性心理学、性社会学的书，不客气地说，出得完全是乌七八糟。前些日子买了一本福科的《性史》，根本看不懂，现在正想办法找英文本来看。这种情形对我是一种极大的损害。在此我毫不谦虚地说，我是个高层次的读者，可是书刊检查却拿我当十六岁的孩子看待。

这种事情背后隐含着一个逻辑，就是我们国家的出版事业必须就低不就高。一本书能不能出，并不取决于它将有众多的有艺术鉴赏力或者有专业知识的读者，这本书应该对他们有益；而是取决于社会上存在着一些没有鉴赏力或没有专业知识的读者，这本书不能对他们有害。对我来说，书刊审查不是个性环境，而是个知识环境问题，对其他知识分子也是这样的。这一点是《性社会学》上没有提到的。二三十年代，有头脑的美国人，如海明威等，全在欧洲呆着。后来希特勒把知识分子又都撵回到美国去，所以美国才有了科学发达、人文荟萃的时代。假如希特勒不在欧洲烧书、杀犹太人，我敢说现在美国和欧洲相比，依然是个土得掉渣的国家。我不敢说国内人材凋零是书刊检查之故，但是美国如果现在出了希特勒，我们国内的人材一定会多起来。

假如说市场上有我需要的书，可能会不利于某些顽劣少年的成长的话，有利于少年成长的书也不适合于我们。这一点与意识形态无关。举例而言，《雷锋的故事》这样的书对青年有益，把它译成英文，也很适合西点军校的学员阅读，但是对于那些秃顶教授，就不那么适宜。再比方说，《罗兰小语》、琼瑶的小说，对美国 high school 的女生很适宜（可惜的是美国这类书已经很多了），但是对于年过四旬，拿了博士学位，在大学里讲社会学的知识分子就不适宜，如果强要他们读的话，大概会感到有点恶心。这种人甚至会读 *Story of O*，虽然你问他时他不一定肯承认。有人会争辩说，孩子是我们的未来，应该为他们做牺牲。但是现在的问题是牺牲的代价是让成人也变成孩子。这样做的结果是我们根本就不会有什么未来。

现在美国和欧洲把成人和儿童的知识环境分开，有些书、有些电影儿童不能看。这种做法的背后的逻辑是承认成人有自我控制的能力，无须法庭、教会来决定哪些他能够知道，哪些他不能知道。这不仅是因为成人接触这些知识是无害的，也不仅仅是因为这些知识里有他需要知道的成分，还因为这是对成年人人格的尊重。现代社会的前景是每个人都要成为知识分子，限制他获得知识就是限制他的成长。而正如孙隆基在《中国文化的深层结构》里指出的，目前中国人面对的知识环境是一种童稚状态，处于弗洛伊德所说的肛门时期。也许，因为种种原因，特别是历史原因，我们眼下还不能不有一些童稚的做法。那么，下一步怎么办？一种做法是继续保持童稚状态，一种做法是摆脱童稚状态，准备长大。相信前一种做法的人，也相信乔治·奥威尔在《一九八四》里杜撰的口号——无知即力量；相信后一种做法的人，也相信培根的名言——知识就是力量。这"下一步"当然不是把日历翻过去就是的明天，但是，也不应当是日历永远翻不到的明天。

* 载于1993年第6期《读书》杂志。

李银河的《生育与中国村落文化》

最近，蜚声海内外的牛津大学出版社出版了中国大陆女社会学者李银河博士的一部新著：《生育与中国村落文化》。

李银河在研究中国农村生育文化时，提出了一个新的观点：传统文化的本质，来自于村落。在中国，有一个现象不论南北都有，就是不大不小的自然村很多。这和耕作、生活方式有一定的关系。另外，中国农村住得很紧密，起码和外国农村相比是这样。因此就出现了这样一种现象：在村里没有不透风的墙，你的事别人都知道，别人的事你也知道。这就是信息共有。如果按人类学里信息学派的意见，共有的信息就是文化，村落文化的存在是毋庸置疑的了。

据我所知，李银河当初想用"村社文化"这个说法，但是别人说，"村社"这个词已经有了，不能赋予它新的意义。这当然是对的，但是我很为李银河丧失了"村社"而可惜。咬文嚼字地说，"村"

是什么意思不必解释了,"社"的意思是土地神。这和她要说明的现象很吻合。在村里,三姑六婆就是土地神,无所不知,又无所不传。所以一个自然村简直就是个人信息的超导体,毫无秘密可言。生老病死,婚丧嫁娶,什么事别人都知道,所以简直什么事自己都做不了主。这种现象是很重要的。有人说,外国文化是罪感文化,中国文化是耻感文化。这个感觉相当犀利,但只是感觉而已。罪感当然来自上帝,假如你信他,就会觉得在他面前是个罪人。但是假如你不觉得有好多人在盯着你,耻感何来呢?如果没有信息共有,耻感文化也无法解释了。

除了生育,在村子里还有很多个人做不了主的事,比方说,红白喜事。这些事要花很多的钱,搞得当事人痛苦不堪,但又不能不照规矩办。也许你乐意用传统、风俗来解释这种现象,但你解释不了人们为什么要坚持痛苦的传统,除非你说大家都是受虐狂,实际上又远不是这样——有好日子谁不想过。村落文化是一种强制的力量,个人意志不是它的对手。

李银河认为,传统观念、宗族意识等等,在现在农村里也是存在的,但是你不能理解为它们保存在个人的头脑里。实际上,它们是保留在村落文化这个半封闭的大匣子里。这也是个有意义的结论。我们知道,在苏格兰有个半封闭的尼斯湖,湖里还有恐龙哪。在中国村落里保存了一些文化恐龙,也不算什么新鲜的事。不管怎么说,现在是共产党的天下,宗族和孔孟哲学没有合法的权威性。真正有权威的是村落。办事都要按一定规矩办，想问题要按一定方式去想，不管你乐意不乐意。这既不是因为古板，也不是因为有族规，而是因为有一大群人盯着你。我相信，这样的解释更加合乎实情。她描述了这样一幅生活图景：你怎么挣钱，别人不管；但你怎么过日子，大伙就要说话了。在这种情况下，日子当然难有崭新的过法。

李银河的《生育与中国村落文化》所依据的是在山西、浙江两地的调查。她的见解十分敏锐，遗憾的是实证功夫稍有欠缺。假设她的调查不是在这两地的两三个村子，各百十户人家里，而是在散布在全国的上百个村子、上千户人家里完成，就更有说服力。当然，这样的要求近似抬杠。因为她用的是人类学方法，这种方法强调第一手资料，面对面交谈，通过翻译都会遭人诟病。人类学的前辈大师米德女士在萨摩亚实地调查多年，只因为听人转述，就遭人耍了。考虑到这种情况，谈了百十户，谈得扎实，也就不错了。最主要的是，她不是在文献里找出个说法，然后在调查里验证一番，而是自己来找说法，到调查里验证，这是非常好的。其实她阐述的现象就在我们眼前，只不过我们视而不见罢了。北京城里没有村落，但有过胡同、大杂院，有一些人员很少流动的单位。在这些地方，隐私也不多，办个什么私事，也难说全是个人决策。因为这类现象并不陌生，你看了这本书，不会怀疑村落文化的真实性。罗素大师曾言：不要以为有了实证方法，思辨就不重要了。实际上，要提出有意义的假设，必须下一番思辨功夫。这真是至理名言。据我所知，这番功夫她是下了的。假设婚丧嫁娶、生育不生育都是个人决策，那么就要有个依据——追求个人快乐或者幸福。在村庄里，这种想法不大流行，流行的是办什么事都要让大家说好，最好让大家都羡慕。这是另一个价值体系。那么是否能说，他们的幸福观就是这样，另外的快乐、幸福对他们来说就不存在了呢？在结束了在山西的调查、浙江调查未开始时，李银河给《二十一世纪》杂志写过一篇文章，讨论了这个问题，在此不能详加引述，以免文章太冗长。简单来说，结论是这样的：不管怎么说，自己觉得好和别人说你好毕竟是两回事，不是一回事。村落中人把后者看得极重，实在是出于不得已。最重要的是，不能认为，对他们来说前一个问题就不存在了。以此为据，村落文化的实质就容易把握了。

李银河把村落文化看作一种消极力量，是因为这种文化中人把全部注意力都放到眼前这个自然村里，把宝贵的财力全用在了婚丧嫁娶这样一些事上，生活的意义变成了博取村里人的嫉妒、喝彩，缺少改善生活的动力。这个文化里，人际关系的分量太大，把个人挤没了。别人也许会反对她的观点——他会说重视人际关系，正是我们的好处呢。在这方面，恐怕我要同意李银河的意见，因为中国的村落文化和低质量的生活联系在一起，放弃村落文化到城市里生活正是千百万农民的梦想——所以它是那种你不喜欢又不得不接受的东西。在这种情况下，我们就不能给它唱赞歌了。

李银河的研究工作是朴素的。作为学者，她不是气势恢弘、辞藻华丽的那一种，也不是学富五车、旁征博引的那一种。她追求的是事事清楚、事事明白，哪怕这种明白会被人看成浅薄也罢。从表面上来看，研究工作有很多内容，比方说，题目有没有人重视啦，一年发了多少论文啦，写了多少学术专著啦，但是这些在她看来并不是最重要的，最重要的是要有所发现。

* 收录于香港牛津大学出版社 1993 年版《生育与中国村落文化》，李银河著。

《思维的乐趣》首版序

我以写小说为主业,但有时也写些杂文,来表明自己对世事的态度。作为一个寻常人,我的看法也许不值得别人重视,但对自己却很重要。这说明我有自己的好恶、爱憎,等等。假如没有这些,做人也没什么味道。这些看法常常是在伦理的论域之内,所以对它们,我倒有一种平常心,罗素先生曾说,对伦理的问题无法做科学的辩护。我同意这个观点。举例来说,我认为,思维可以给人带来很大的乐趣,我看不出有什么理由可以剥夺这种乐趣。这个看法也在伦理的论域之内。所以,我举不出科学上的理由来说明自己是对的。假如有人说不思维才快乐,我只有摇头,却无话可说。

罗素先生认为,残酷打击别人是不好的。但他只能期望别人来同意这个看法,不能证明自己的正确。他还说,有很多看法,看似一种普遍的伦理原则,其实只是一种特殊的恳求。在这本书里,我的多数看法都是这样的——没有科学的证据，也没有教条的支持。这些看法无非是作者的一些恳求。我对读者要求的，只是希望他们不要忽略我的那一份恳切而已。

这本书里除了文化杂文，还有给其他书写的序言与跋语。这些序言与跋语也表明了我的一些态度。除此之外，还有一些轻松的随笔。不管什么书，我都不希望它太严肃，这一本也不例外。

一九九五年六月于北京家中

王小波

* 收录于北岳文艺出版社 1996 年版《思维的乐趣》。

《我的精神家园》首版序

年轻时读萧伯纳的剧本《巴巴拉少校》，有场戏给我留下了深刻的印象：工业巨头安德谢夫老爷子见到了多年不见的儿子斯泰芬，问他对做什么有兴趣。这个年轻人在科学、文艺、法律等一切方面一无所长，但他说自己有一项长处：会明辨是非。老爷子把自己的儿子暴损了一通，说这件事难倒了一切科学家、政治家、哲学家，怎么你什么都不会，就会一个明辨是非？我看到这段文章时只有二十来岁，登时痛下决心，说这辈子我干什么都可以，就是不能做一个一无所能、就能明辨是非的人。因为这个缘故，我成了沉默的大多数的一员。我年轻时所见的人，只掌握了一些粗浅（且不说是荒谬）的原则，就以为无所不知，对世界妄加判断，结果整个世界都深受其害。直到年登不惑，才明白萧翁的见解原有偏颇之处；但这是后话——无论如何，萧翁的这些议论，对那些浅薄之辈、狂妄之辈，总是一种解毒剂。

萧翁说明辨是非难，是因为这些是非都在伦理的领域之内。俗话说得好，此人之肉，彼人之毒；一件对此人有利的事，难免会伤害另一个人。真正的君子知道，自己的见解受所处环境左右，未必是公平的；所以他觉得明辨是非是难的。倘若某人以为自己是社会的精英，以为自己的见解一定对，虽然有狂妄之嫌，但他会觉得明辨是非很容易。明了萧翁这重意思以后，我很以做明辨是非的专家为耻——但这已经是二十年前的事了。当时我是年轻人，觉得能洁身自好不去害别人就可以了。现在我是中年人——一个社会里，中年人要负很重的责任：要对社会负责，要对年轻人负责，不能只顾自己。因为这个缘故，我开始写杂文。现在奉献给读者的这本杂文集，篇篇都在明辨是非，而且都在打我自己的嘴。

伦理问题虽难，但却不是不能讨论。罗素先生云，真正的伦理原则把人人同等看待。考虑伦理问题时，想替每个人都想一遍是不可能的事，但你可以说，这是我的一得之见，然后说出自己的意见，把是非交付公论。讨论伦理的问题时也可以保持良心的清白——这是我最近的体会，但不是我打破沉默的动机。假设有一个领域，谦虚的人、明理的人以为它太困难、太暧昧，不肯说话，那么开口说话的就必然是浅薄之徒、狂妄之辈。这导致一种负筛选：越是傻子越敢叫唤——马上我就要说到，这些傻子也不见得真的傻，但喊出来的都是傻话。久而久之，对中国人的名声也有很大的损害。前些时见到个外国人,他说:听说你们中国人都在说"不"?这简直是把我们都当傻子看待。我很不客气地答道:物以类聚,人以群分。你认识的中国人都说"不",但我不认识这样的人。这倒不是唬外国人,我认识很多明理的人,但他们都在沉默中,因为他们都珍视自己的清白。但我以为,伦理问题太过重要,已经不容我顾及自身的清白。

伦理(尤其是社会伦理)问题的重要,在于它是大家的事——大家的意思就是包括我在内。我在这个领域里有话要说,首先就是:我要反对愚蠢。一个只会明辨是非的人总是凭胸中的浩然正气做出一个判断,然后加上一句:难道这不是不言而喻的吗?任何受过一点科学训练的人都知道,这世界上简直找不到什么不言而喻的事,所以这就叫作愚蠢。在我们这个国家里,傻有时能成为一种威慑。假如乡下一位农妇养了五个傻儿子,既不会讲理,又不懂王法,就会和人打架,这家人就能得点便宜。聪明人也能看到这种便宜,而且装傻谁不会呢——所以装傻就成为一种风气。我也可以写装傻的文章,不只是可以,我是写过的——"文革"里谁没写过批判稿呢?但装傻是要不得的,装开了头就不好收拾,只好装到底,最后弄假成真。我知道一个例子是这样的:某人"文革"里装傻写批判稿,原本是想搞点小好处,谁知一不小心上了《人民日报》头版头条,成了风云人物。到了这一步,我也不知他是真傻假傻了。再以后就被人整成了三种人。到了这个地步,就只好装下去了,真傻犯错误处理还能轻些呀。

我反对愚蠢，不是反对天生就笨的人，这种人只是极少数，而且这种人还盼着变聪明。在这个世界上，大多数愚蠢里含有假装和弄假成真的成分。但这一点并不是我的发现，是萧伯纳告诉我的。在他的《劈克梅梁》里，息金斯教授遇上了一个假痴不癫的杜特立尔先生。息教授问：你是恶棍还是傻瓜？这就是问：你假傻真傻？杜先生答：两样都有点。先生，凡人两样都得有点呀。在我身上，后者的成分多，前者的成分少；而且我讨厌装傻，渴望变聪明。所以我才会写这本书。

在社会伦理的领域里我还想反对无趣，也就是说，要反对庄严肃穆的假正经。据我的考察，在一个宽松的社会里，人们可以收获到优雅，收获到精雕细琢的浪漫；在一个呆板的社会里，人们可以收获到幽默——起码是黑色的幽默。就是在我呆的这个社会里，什么都收获不到，这可是件让人吃惊的事情。看过但丁《神曲》的人就会知道，对人来说，刀山、剑树、火海、油锅都不算严酷，最严酷的是寒冰地狱，把人冻在那里一动都不动。假如一个社会的宗旨就是反对有趣，那它比寒冰地狱又有不如。在这个领域里发议论的人总是在说：这个不宜提倡，那个不宜提倡。仿佛人活着就是为了被提倡。要真是这样，就不如不活。罗素先生说，参差多态乃是幸福的本源——弟兄姐妹们，让我们睁开眼睛往周围看看，所谓的参差多态，它在哪里呢？

在萧翁的《巴巴拉少校》中，安德谢夫家族的每一代都要留下一句至理名言。那些话都编得很有意思，其中有一句是：人人有权争胜负，无人有权论是非。这话也很有意思，但它是句玩笑。实际上，人只要争得了论是非的权力，他已经不战而胜了。我对自己的要求很低：我活在世上，无非想要明白些道理，遇见些有趣的事。倘能如我所愿，我的一生就算成功。为此也要去论是非，否则道理不给你明白，有趣的事也不让你遇到。我开始得太晚了，很可能做不成什么，但我总得申明我的态度，所以就有了这本书——为我自己，也代表沉默的大多数。

王小波
一九九七年三月二十日

* 收录于文化艺术出版社 1997 年版《我的精神家园：王小波杂文自选集》。

用一生来学习艺术

我念过文科，也念过理科。在课堂上听老师提到艺术这个词，还是理科的老师次数更多：化学老师说，做实验有实验艺术；计算机老师说，编程序有编程艺术。老师们说，怎么做对是科学，怎么做好则是艺术；前者有判断真伪的法则，后者则没有；艺术的真谛就是要叫人感到好，甚至是完美无缺；传授科学知识就是告诉你这些法则，而艺术的修养是无法传授的，只能够潜移默化。这些都是理科老师教给我的，我觉得比文科老师讲得好。

没有科学知识的人比有科学知识的人更容易犯错误；但没有艺术修养的人就没有这个缺点，他还有容易满足的好处。假如一个社会里，人们一点文学修养都没有，那么任何作品都会使他们满意。举个例子说，美国人是不怎么读文学书的，一部《廊桥遗梦》就可以使他们如痴如狂。相反，假如在某个国家里，欣赏文学作品是他们的生活方式，那就只有最好的作品才能使他们得到满足。我想，法国最有资格算作这类国家。一部《情人》曾使法国为之轰动。大家都知道，这本书的作者是刚去世不久的杜拉斯。这本书有四个中文译本，其中最好的当属王道乾先生的译本。我总觉得读过了《情人》，就算知道了现代小说艺术；读过道乾先生的译笔，就算知道什么是现代中国的文学语言了。

有位作家朋友对我说，她很喜欢《情人》那种自由的叙事风格。她以为《情人》是信笔写来的，是自由发挥的结果。我的看法则相反，我认为这篇小说的每一个段落都经过精心的安排：第一次读时，你会感到极大的震撼；但再带着挑剔的眼光重读几遍，就会发现没有一段的安排经不起推敲。从全书第一句"我已经老了"，给人带来无限的沧桑感开始，到结尾的一句"他说他爱她将一直爱到他死"，带来绝望的悲凉终，感情的变化都在准确的控制之下。叙事没有按时空的顺序展开，但有另一种逻辑作为线索，这种逻辑我把它叫作艺术——这种写法本身就是种无与伦比的创造。我对这件事很有把握，是因为我也这样写过：把小说的文件调入电脑，反复调动每一个段落，假如原来的小说足够好的话，逐渐就能找到这种线索；花上比写原稿多三到五倍的时间，就能得到一篇新小说，比旧的好得没法比。事实上《情人》也确实是这样改过，一直改到改不动，才交给出版社。《情人》这种现代经典与以往小说的不同之处，在于它需要更多的心血。

我的作家朋友听了以后感觉有点泄气：这么写一本书，也不见得能多赚稿费，不是亏了吗？但我以为，我们一点都不亏。现在世界上已经有了杜拉斯，有了《情人》，这位作家和她的作品给我们一个范本，再写起来已经容易多了。假如没有范本，让你凭空去创造这样一种写法，那才是最困难的事：六七十年代，法国有一批新小说作家，立意要改变小说的写法，作品也算是好看，但和《情人》是没法比的。有了这样的小说，阅读才不算是过时的陋习——任凭你有宽银幕、环绕立体声，看电影的感觉终归不能和读这样的小说相比。

译《情人》的王道乾先生已经在前几年逝世了。虽然没有见过面，但他是我真正尊敬的前辈。我知道他原是位诗人，四十年代末曾到法国留学，后来回来参加祖国建设，一生坎坷，晚年搞起了翻译。他的作品我只读过《情人》，但已使我终身受益。另一篇使我终身受益的作品是查良铮（穆旦）先生译的《青铜骑士》。从他们那里我知道了一个简单的真理：文字是用来读的，不是用来看的。看起来黑压压的一片，都是方块字，念起来就大不相同。诗不光是押韵，还有韵律；散文也有节奏的快慢，或低沉压抑，沉痛无比，或如黄钟大吕，回肠荡气——这才是文字的筋骨所在。实际上，世界上每一种文学语言都有这种筋骨，当年我在美国留学，向一位老太太学英文，她告诉我说，不读莎士比亚，不背弥尔顿，就根本不配写英文——当然，我不会背弥尔顿,是不配写英文的了,但中文该怎么写,始终是个问题。

古诗是讲平仄的,古文也有韵律,但现在写这种东西就是发疯;假如用白话来写,用哪种白话都是问题。张爱玲晚年执意要写苏白,她觉得苏白好听。这种想法不能说没有道理,但文章里的那些字我都不知该怎么念。现在作家里用北方方言写作的很多;凭良心说,效果是很糟心的。我看到过的一种最古怪的主意,是钱玄同出的,他建议大家写《儒林外史》那样的官话。幸亏没人听,否则会把大家都写成迂夫子了。这样一扯就扯远了。这个问题现在已经解决了,我们已经有了一种字正腔圆的文学语言,用它可以写最好的诗和最好的小说,那就是道乾先生、穆旦先生所用的语言。不信你去找本《情人》或是《青铜骑士》念上几遍,就会信服我的说法。

本文的主旨是怀念那些已经逝去的前辈,但却从科学和艺术的区别谈起。我把杜拉斯、道乾先生、穆旦先生看作我的老师,但这些老师和教我数学的老师是不同的——前者给我的是一些潜移默化,后者则教给我一些法则。在这个世界上,前一种东西更难得到。除此之外,比之科学、艺术更能使人幸福,因为这些缘故,文学前辈也是我更爱的人。

以上所述,基本上是我在文学上所知道的一切。我没有读过大学的中文系，所以孤陋寡闻，但我以为，人活在世上，不必什么都知道，只知道最好的就够了。为了我知道的这些，我要感谢杜拉斯，感谢王道乾和穆旦——他们是我真正敬爱的人。

* 载于1997年第5期《出版广角》杂志，根据硬盘文件整理。

生活和小说

罗素先生曾说，从一个假的前提出发，什么都能够推论出来，照我看这就是小说的实质。不管怎么说，小说里可以虚构。这就是说，在一本小说里，不管你看到什么千奇百怪的事，都不应该诧异，更不该指责作者违背了真实的原则，因为小说就是假的呀。

据说罗素提出这一命题时，遭到了好多人的诘难。我对逻辑知道得不多，但我是罗素先生热烈的拥护者。这是因为除了写小说，我还有其他的生活经验。比方说，做几何题。做题时，有时你会发现各种千奇百怪的结果不断地涌现，这就是说，你已经出了一个错，正在假的前提上推理。在这种情况下，你不仅可以推出三角形的内角之和超过了一百八十度，还可以把现有的几何学知识全部推翻。从做题的角度出发，你应该停止推论，从头检查全部过程，找到出错的地方，把那以后的推论全部放弃。这种事谁都不喜欢。所以我选择了与真伪无关的职业——写小说。凭良心说，我喜欢千奇百怪的结果——我把这叫作浪漫。但这不等于我就没有能力明辨是非了。

生活里浪漫的事件很多。举例言之，二十四年前，我作为知识青年上山下乡去了。以此为契机，我的生活里出现了无数千奇百怪的事情，故而我相信这些事全都出自一个错误的前提。现在我能够指出错出在什么地方：说我当时是知识青年，青年是很够格的（十六岁），知识却不知在哪里。用培根的话来说，知识就是力量，假如我们真有知识，到哪里都有办法。可怜那时我只上了七年学，如果硬说我有什么知识，那只能是对"知识"二字的污蔑。不管怎么说，这个错误不是我犯的，所以后来出了什么事，都不由我负责。

因为生活对我来说，不是算草纸，可以说撕就撕，所以到后来我不再上山下乡时，已经老了好多。但是我的生活对于某些人来说却的确是算草纸，可以拿来乱写乱画。其实我又算得了什么，不过是千万人中的一个。像上山下乡这样的事，过去有，现在有，将来保不准还会有的。对此当然要有个正确的态度，用上纲上线的话来说，就叫作"正确对待"。这种态度我已经有了。

我们不妨把过去的生活看作小说，把过去的自己看成小说中的人物，这样心情会好得多。因为不管怎么说，那都是从假命题开始的推理，不能够认真对待。如果这样看待自己的过去，就能看出不少可歌可泣的地方。至于现在和未来是不是该这样看待，则要看现在是不是还有错误的前提存在。虽然我们并不缺少明辨是非的能力。凭良心说，我希望现实的世界在理性的世界里运作，一点毛病都没有。但是像这样的事，我们自己是一点也做不了主的。

现在的人不大看小说了，专喜欢看纪实文学。这说明我们的生活很有趣味，带有千奇百怪的特征。不管怎么说，有趣的事多少都带点毛病，不信你看有趣的纪实文学，总是和犯罪之类的事有关系。假如这些纪实文学记的都是外国，那倒是无所谓，否则不是好现象。至于小说越来越不好看，则有另外的原因。这是因为有人要求它带有正确性、合理性、激励人们向上等等，这样的小说肯定无趣。换言之，那些人用现实所应有的性质来要求小说、电影等等。我听人说，这样做的原因是小说和电影比现实世界容易管理，如此说来，这是出于善良的动机，正如堂吉诃德挑风车也是出于善良的动机。但是这样做的结果却很不幸。因为现实世界的合理性里就包括有有趣的小说和电影，故而这样做的结果是使现实世界更加不合理了。由于这些人士的努力，世界越来越不像世界，小说越来越不像小说。我们的处境正如老美说的，在 middle of nowhere。这是小说发生的地方，却不是写小说的地方。

图书在版编目（CIP）数据

我的精神家园／王小波著．－2版．－北京：北京十月文艺出版社，2021.1（2024.8重印）
ISBN 978-7-5302-2026-9

Ⅰ．①我… Ⅱ．①王… Ⅲ．①杂文集－中国－当代
Ⅳ．①I267.1

中国版本图书馆CIP数据核字（2020）第015765号

我的精神家园
WO DE JINGSHEN JIAYUAN
王小波 著

出　　版	北京出版集团	
	北京十月文艺出版社	
地　　址	北京北三环中路6号	
邮　　编	100120	
网　　址	www.bph.com.cn	
发　　行	新经典发行有限公司	
	电话（010）68423599	
经　　销	新华书店	
印　　刷	山东韵杰文化科技有限公司	
版　　次	2021年1月第2版	
印　　次	2024年8月第15次印刷	
开　　本	850毫米×1168毫米　1/32	
印　　张	7.25	
字　　数	130千字	
书　　号	ISBN 978-7-5302-2026-9	
定　　价	59.00元	

质量监督电话　010-58572393
如有印装质量问题，由本社负责调换

版权所有，未经书面许可，不得转载、复制、翻印，违者必究。